SARA SEFCHOVICH

Demasiado Amor

punto de lectura

SARA SEFCHOVICH

Demasiado Amor

RAP 794 0606

DEMASIADO AMOR
D. R. © Sara Sefchovich, 1990

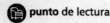 punto de lectura

© De esta edición:
D. R. © Punto de Lectura, S.A. de C.V., 2005
Av. Universidad núm. 767, col. del Valle
C.P. 03100, México, D.F. Teléfono 5420-75-30
www.puntodelectura.com.mx

Primera edición: junio de 2003
Tercera reimpresión: agosto de 2005

ISBN: 970-731-021-9

D. R. © Diseño de cubierta: Angélica Alva
Ilustración de cubierta: Allen Jones, *Paso doble*, 1989

Impreso en México

Carlos: como dice aquel canto, he pronunciado
tu nombre y el espejismo ha construido
un gran país para oírme hablar de ti.

Los dardos del amor tienen su nombre:
aullido y locura.

José Emilio Pacheco

1

Por tu culpa empecé a querer a este país. Por tu culpa, por tu culpa, por tu grandísima culpa. Porque tú me llevaste y me trajiste, me subiste y me bajaste, por veredas y caminos, por pueblos y ciudades. Me llevaste en coche, en lancha, en avión, en camión, en bicicleta y a pie. Me llevaste por rincones y explanadas, cerros y cañadas, iglesias, edificios y ruinas. Me llevaste por unos lugares planos y por otros empinados, por puentes de ríos anchos y por puentes de lechos secos, me hiciste subir escaleras, cruzar lagos inmensos, conocer un mar que se secaba la mitad del año y otro que sólo me llegaba hasta las rodillas. Y ahí iba yo atrás de ti y contigo, mirándote, bebiéndote, esperándote para que me hicieras el amor después de tanto recorrido, de tanto polvo, verdor, desolación, calor y lluvia que fuimos encontrando en este país nuestro de cada día.

¿Habrá alguien que conozca tantos hoteles como yo? ¿Alguien que haya escuchado a tantos viejos llenos de recuerdos, visitado a tantos artesanos escondidos en sitios remotos, comprado tantos dulces de sabores insólitos y tantas macetas de formas extrañas?

Me acuerdo cuando te dio por recorrer los hoteles que algún día fueron famosos y distinguidos. Como si tuvieras una deuda pendiente con el país que fue éste hace cincuenta, hace cuarenta años. No hubo entonces viernes sin hacer camino, sábado sin tres comidas harinosas imposibles de digerir, domingo sin albercas llenas de gente, tardes sin jardines abandonados, noches sin cuartos que algún día fueron elegantes y ya estaban tan venidos a menos.

¿Habrá alguien que haya recorrido tantos lugares como yo, cuando te acompañé en ese tu peregrinar por la nostalgia de años que se fueron hace mucho y de gente que ya se murió pero que algún día fue muy rica? En Tehuacán las camas eran tan altas que tuvimos que usar un banco para subirnos a ellas y los colchones de resortes rechinaban tanto que no podíamos dormir de la risa. Y tú te acordabas de unas señoritas tan viejas que vivían allí cerca y que le daban desayuno a tu abuelo cuando huía de los cristeros cargando a sus mujeres y a sus hijos. Luego estaban esa tina con patas, esas paredes que algún día tuvieron color, esos techos de altura descomunal.

En Comanjilla me enseñaste albercas tan hirvientes y amarillas que me dejaban exhausta y yo te enseñé un bosquecito que se veía desde el balcón. En Ixtapan de la Sal el agua me dejó el pelo tan duro que me lo tuve que cortar y montamos tanto tiempo a caballo que luego no me podía sentar. En Tecolutla las casas junto a la playa estaban abandonadas y la alberca vacía tenía una tristeza viejísima.

En San José Purúa bajamos por una barranca muy honda y nos bañamos en unas tinas cuya agua subía hasta la mitad del cuarto. En Cuautla nadamos metidos en enormes llantas de coche y por días quedamos oliendo a azufre. En Tasquillo las albercas eran de piso resbaloso, en San Miguel Regla había tanto sol, en Veracruz llovía tanto y en Fortín de las Flores la neblina eran tan densa que no se veía la inmensidad de alrededor.

Y en todas partes nos sentábamos cerca de una ventana que daba a un cerro arisco, a una caída de agua, a un jardín sin podar, a un estacionamiento medio vacío. Y luego nos dormíamos, rendidos de tanto manejar, de tanto caminar, de tanto ver. Porque cómo caminamos, cómo hablamos, cómo cortamos flores silvestres, cómo hicimos el amor.

Me acuerdo cuando te dio por probar todas las comidas que se habían inventado en este país. Fuimos por gusanos a Tlaxcala, por pan de huevo a Huejutla, por manzanas a Zacatlán, por pescado frito a Nautla, por huevos de tortuga a Puerto Escondido, por sopes de frijoles al Desierto de los Leones, por tortillas de maíz azul a Ocotlán, por elotes con chile a Valle de Bravo, por tortas de chorizo a Toluca, por langostas a Huatulco y langostinos a Catemaco, por papayas rojas a Acapulco, por carnes largas y delgadas a Sonora, por barbacoa a Actopan, venado a Mérida, armadillo a Zihuatanejo, chivo a Putla, enchiladas a San Luis Potosí, dulces de leche a Querétaro, mole a Puebla y otro mole más negro a Oaxaca, por tamales a Chiapas, por helados a San Francisco del Rincón, por tequila a Amatitán, por manitas de puerco a Guadalajara, por pan de cazón a Tabasco, crema a Chalco, fresas a Irapuato, dulces de cajeta a Celaya.

Me acuerdo cuando te dio por comprar barro y me llevaste a ver el de color negro y el de color verde y el de color rojo. Anduvimos buscando figuras de ángeles en Oaxaca, figuras de animales en Metepec, figuras de diablos en Ocumichu. Compramos ollas para mole, ollas para frijoles y ollas para agua. Compramos macetas en las carreteras, en los mercados, en los caminos. Tocabas puertas de jacales muy pobres para que te vendieran una tortuga sembrada de chía, un sol de colores vivísimos, un árbol de la vida.

Tres horas nos desviamos del camino para ver cómo pintaban macetas con flores, tres horas buscamos a un artesano que hacía Cristos enormes pintados de azul, tres horas estuvimos en casa de un decorador de vajillas mirándolo trabajar.

Me acuerdo cuando te dio por las iglesias y fuimos a ver los dorados de Santo Domingo, los dorados de La Soledad, los dorados de Tepotzotlán. Vimos las figuras de colores de Tonanzintla, las pinturas de monjes de Actopan, la capilla vacía hasta arriba de un cerro en Cuernavaca, los exvotos de Real del Catorce, los pilares de Tecalli, la enorme terraza de Calpulalpan que mira al valle.

Me acuerdo de una ventana sin vidrio que daba a un árbol inmenso. Me acuerdo de una capillita de piedra sobre un riachuelo con su puente de hierro. Me acuerdo de una ermita a medio camino en un cerro pelón, de un jardín a la entrada de una iglesia, de una cruz solitaria en medio de un atrio, de una Virgen encerrada en un marco de vidrio, pegosteoso de tantos besos y tantas lágrimas que la gente le venía a dejar. Pero ninguna iglesia, ningún santuario, ningún lugar en el mundo como San Juan Chamula, con su gente triste, su gente pobre, su gente creyente y sus velas a medio derretir.

28 de julio

Hermanita mía, hermanita queridísima:

Vengo entrando del aeropuerto. Hoy te fuiste, dejaste México y vas volando para Italia. No sé cuánto tiempo pasará antes de que nos volvamos a ver. Me siento muy mal. Estuve sentada en la cafetería más de dos horas hasta que tu avión despegó. ¡Yo creo que me hubiera gustado oír que se cancelaba el vuelo y que los pasajeros tenían que regresar a sus casas! A pesar de la noche en vela que pasamos, a pesar de que lloramos tanto, de todos modos no siento cansancio sino una tristeza enorme. Es cierto que entre las dos planeamos así las cosas, pero de todos modos es muy feo que te hayas ido. Todavía no puedo creer que ya no vendrás a la casa, que estaré aquí sola, que no tendré con quién platicar ni reírme ni imaginar aventuras.

Mientras escribo esta carta, tú vas por las nubes. Vas cruzando el mar y quién sabe en qué estás pensando. En tu bolsa va todo el dinero que juntamos durante muchos años y en tu cabeza van todos los planes que hicimos.

Tengo miedo de tu soledad allá, en ese país desconocido y nuevo al que te has ido, con la gran carga de echar a andar nuestro sueño. Y tengo miedo de mi soledad acá, en este país en el que me he quedado con la responsabilidad de juntar el dinero para cumplirlo.

Hermanita de mi alma, yo sé que escribirte en este momento, cuando apenas te fuiste, es una tontería. Pero no sabes cómo me siento. Creo que quedarse es peor que irse, porque cada rincón de la casa te recuerda mientras que para ti todo es nuevo. Pero ya no te puedo decir más. No aguanto las lágrimas, no aguanto el dolor de esta separación. Te mando muchos besos allá en el cielo en donde ahora andas.

2

Veintiséis años y setenta y dos kilos tenía yo aquella noche de viernes cuando crucé la puerta de cristal del Vips y me fui paseando entre las mesas, más para que me vieran que para buscar un lugar donde sentarme y más para echar yo una ojeada a los parroquianos que para que me vieran.

Y de repente tú. Solo en la barra, sin leer ni mirar ni comer ni nada. Solo con tu pelo negro, solo con tus espaldas anchas, solo con tu misterio y tu taza de café. Nunca podré olvidar la forma como me ignoraste cuando me senté a tu lado. Ni una mirada, ni una mirada siquiera con el rabillo del ojo.

A lo mejor por eso me llegaste tan hondo. Porque estabas allí tan solo y así querías seguir, solo con tu soledad.

No sé qué imán tenías que me quedé petrificada. Mucho tiempo estuve allí sentada, mucho tiempo, no supe cuánto.

Y de repente, tú te paraste y yo me paré, tú caminaste hasta la caja y yo caminé detrás de ti, tú te formaste en la cola y yo me formé atrás de ti, como advertencia de lo que sería mi vida pero que entonces no supe ver.

Luego fue tu voz que salió de entre los bigotes negros y se dirigió a mí, la misma de veintiséis años y setenta y dos kilos que sin razón alguna hacía cola parada detrás de ti en la caja del Vips. Y la voz dijo: "dame la nota".

Y yo como tonta, alargué la mano y te entregué mi nota, mi nota de consumo y mi nota musical, mi nota de pie de página y mi nota de mujer por fin mirada por ti. Y todo el mundo me empezó a dar vueltas a mí, la experta en hombres, la que no se toma nada en serio, la que se ríe de todo, la soñadora y la ilusa. Y como tonta te vi pagar mi café, caminar al estacionamiento conmigo detrás, subir a una camioneta roja conmigo detrás y arrancar por los caminos de Dios sin saber si algún día pararías y si al final sería la vida o la muerte lo que me esperaba.

Pero fue la vida. Porque el auto se fue despacio con la música del radio a todo volumen. Tú nunca volteaste a verme ni me dijiste una palabra, pero yo iba feliz, tan completamente feliz en esa noche oscura de viernes, que supe que eso era la vida.

Cuando detuviste la marcha, habíamos llegado a un hotel. Te seguí entonces por escaleras y pasillos hasta una puerta que se cerró detrás de mi persona durante dos días y dos noches.

Dos días y dos noches que me tuviste desnuda, echada sobre la cama, parada junto a la ventana, a gatas sobre el tapete, debajo de la regadera, sentada en el excusado, subida en el lavamanos, volando sobre las sillas para hacerme el amor. Dos días y dos noches en que sentí el frío del balcón y el vapor hirviendo de la tina del baño. Dos días y dos noches en las que dentro de mi cuerpo escurrió agua, mantequilla, vino, saliva y miel, porque todo ese tiempo dentro de mi cuerpo habitaste tú y todos los objetos de ese cuarto y de entre mis piernas salieron frutas y panes que tu boca mordió.

Conocí tu calor antes de oír tu voz. Conocí tus dedos antes de oír tu voz. Supe de la fuerza de tus dientes y de la rasposidad de tu lengua antes de oír tu voz. Pero ya desde entonces miré a fondo tus ojos y sentí un amor por ellos que fue y es mi perdición.

Dos días y dos noches estuve entre cuatro paredes, entre dos piernas, entre una sábana. Nunca te oí pronunciar palabra ni vi nada de ti más que aquel tu cuerpo enorme que se me acercaba otra y otra y otra vez para dejarme alucinada y adolorida, adolorida y alucinada.

Tú me enseñaste formas del amor que yo no sabía que existían. Mis piernas aparecían primero en el techo y al rato en el espejo. Mi cuerpo se doblaba como si fuera de tela y hasta mis orejas y los dedos de los pies perdieron su dureza habitual.

Y cuando dos días y dos noches después me devolviste mis pobres harapos arrugados, que pacientes habían esperado en el rincón a donde los aventaste el primer minuto, el primer segundo de tu amor, yo ya no era la misma ni volvería a serlo jamás, porque para entonces había entendido lo que era la vida. Sentí un nudo en la garganta mientras me vestía con lo que quedaba de mi blusa arrancada a tirones, de mi falda bajada a jalones. La ropa interior había desaparecido y sólo quedaba entero el suéter largo y grueso que siempre me acompañaba. Sentí miedo porque en esas horas contigo se había tejido dentro de mí la cadena que me ataría a ti por siempre, una que subía por el pecho y bajaba por el vientre para salir entre mis piernas. Me había convertido en una condenada que se dejaba arrastrar y que sentía placer porque el metal le rozaba todas sus partes.

Así recorrí el camino de vuelta a la ciudad y fui depositada en el mismo Vips con puertas de cristal de donde dos días y dos noches antes había salido. Terminé tomando café en el mismo sitio donde hacía siglos te había encontrado y sentía que desde allí jalabas la cadena con tanta fuerza y a tanta distancia, que me lastimaba el estómago, el esternón, la entrepierna. Y es que todos ellos te extrañaban:

19

mi vientre, mis piernas, mi pecho, mi sexo, mi boca, mis ojos y también yo.

Esa noche de domingo fue la primera y la única que se me vio llorar en el Vips. Primero creí que era de tristeza porque te habías ido, luego me di cuenta que era de felicidad pues me acordaba de ti y por fin supe que lloraba de deseo porque no sólo me habías dejado iluminada sino también prendida.

31 de julio
Hermanita del alma:

Me acaba de llegar tu telegrama. Qué bueno que ya llegaste y que llegaste bien, pues tenía pre-ocupación por el viaje, tan largo y tú tan solita.

Sí, me arrepentí de mandarte esa carta llena de tristeza, pero en el momento en que la escribí así me sentía y no lo pensé, simplemente lo hice. Tie-nes toda la razón en recordarme nuestro pacto de estar alegres, de soportar con valor y sonrisas las partes difíciles de este plan nuestro. Trataré de no volver a fallar.

¿Sabes lo que se siente estar aquí sola en la casa y que no estés tú? Me acordé de cuando decidi-mos dormir en cuartos separados y tú te quedaste en el nuestro y a mí me tocó en el de papá y mamá. ¡Qué terror pasé las primeras noches!

¿Qué se siente ir en avión? ¿De verdad se ve muy azul el cielo por arriba de las nubes? ¿De ver-dad ves el mundo partido en cuadritos verde y café como nos dijo el jefe? ¿Y es cierto que te dan comida de plástico? ¿Pudiste dormir? ¿Qué película pasaron? ¿Eran muy guapas las aeromozas? ¿Quién se sentó junto a ti? Escríbeme todo porque quiero saber cada detalle.

Te agradezco que no te quedaras en Roma y que inmediatamente te fueras junto al mar. Aunque sea egoísta, yo quiero que hagamos juntas esos recorridos, tal y como lo planeamos. Además, entre más pronto pongamos manos a la obra, mejor.

¡Ay, hermanita, cómo te extraño! Cuántas tardes de la vida soñando juntas, recorriendo agencias de viajes para pedir folletos, imaginándonos el color del mar, ofreciéndonos en las embajadas para hacer cualquier trabajo con tal de que nos llevaran, tratando de aprendernos los nombres de los pueblos. Y cuánto tiempo ahorrando, peso sobre peso, para que te pudieras ir. ¡Ay, hermanita, qué envidia que ya estés allá mirando todo con tus ojos! Escríbeme y cuéntame cómo es el pueblo, cómo es el hotel donde duermes, a qué sabe lo que comes, cómo se viste la gente. Dime si te miran raro, si te tratan feo por forastera o si eso les gusta, si crees que va a alcanzar el dinero o todo es muy caro. Cuéntame lo que haces en el día, en las tardes tan solas, en tus noches. Dime si el clima es como lo imaginamos y si las ensaladas saben a lo que creímos y dime cuáles son los ruidos que oyes. Pero dime, sobre todo, qué se siente ver el mar, sentir el mar, meterse en él, olerlo, probarlo. Cuéntame mucho sobre el mar, te lo ruego. Mucho, mucho. Cuídate y escríbeme.

3

Como si tu voz que no conocía me lo ordenara, como si mi deseo que tampoco conocía me lo obligara, como si a mi cuerpo le pasaran de repente corriente eléctrica, ahí estaba yo el siguiente viernes, sentada en el Vips, en el mismo lugar, frente a una taza de café, con los músculos tensos por toda una semana de insomnio y desasosiego, esperando que aparecieras, esperándote con miedo, esperándote con ganas, esperándote para saber si eras de verdad o si yo te había inventado y para saber si no habías desaparecido.

¿Eras de verdad? ¿No te había yo inventado? ¿Volverías a aparecer? Lunes y martes, miércoles y jueves, medio día del viernes, tan largo el tiempo y yo sólo pensé en ti, sólo me acordé de ti. En todos esos días no pude respirar sin dolor, comer sin dolor, caminar sin dolor, fascinada como estuve hora tras hora, noche tras noche, por mi recuerdo de ti, por mi deseo de ti.

Y sí, viniste por mí. Ni siquiera te sentaste. Sólo me hiciste una seña desde la puerta y yo me paré y te seguí.

La segunda vez que te vi, la segunda vez que entraste en mi vida, las cosas tomaron un ritmo lento, suave, tierno. Tus ojos me miraron todo el tiempo mientras tus manos se deslizaban y se detenían por mi cuerpo y mientras tus dedos me tocaban despacio. Fuiste buscando, conociendo, moviendo, midiendo, pesando y calculando todos mis tamaños, todas mis formas, todas mis temperaturas y mis texturas. Encontraste cada uno de mis rincones, explanadas, huecos, montes y cavernas. Me acariciaste el pelo, la cara, los senos, los codos, el ombligo, el lado derecho de la cintura, las axilas, los párpados y las cejas, el estómago y las uñas de los dedos de los pies. Y siempre tus ojos mirándome con esa fijeza, con esa intensidad que me hace soñarlos hasta el día de hoy.

Y hasta el día de hoy cuando me acuerdo, me vuelvo a mojar como aquella vez. Agua escurre en mi sexo que sólo tú supiste abrir.

Esa vez me hiciste el amor muy despacio. Yo sentía llegar el placer desde que me mirabas, desde que me tocabas con las yemas suaves de tus dedos. Y tú te diste cuenta muy pronto de ese poder que tenías sobre mí y me hiciste enloquecer una y otra vez, gritar, olvidarme del tiempo, del color de la luz y de la temperatura del mundo. Sólo eran en el reino de la creación tus dedos tan sabios y mis aguas. Sólo era ese placer intenso y delicado.

Cuando el domingo por la noche me devolviste al Vips, me senté inmóvil frente a un café y allí me amanecí, en el mismo lugar y en la misma posición. No sabía cuál era yo, si la que había enloquecido haciendo el amor a ritmo frenético como la primera vez o la que había enloquecido con ese tiempo pausado y suave de la segunda vez. Sólo sabía que entre tus manos había perdido toda voluntad.

3 de agosto

Hermanita queridísima:

Creo que nuestras cartas se cruzaron, porque hoy en la mañana pasé al correo a dejarte una y cuando regresé de la oficina me encontré la que tú mandaste. Y contestas a casi todas mis preguntas. Me encantó lo que cuentas y veo que el pueblo —o pueblito como dices tú— estuvo bien elegido. ¿Qué se siente vivir en un hotel? ¿De verdad todos los días te hacen la cama con sábanas limpias? ¿Y te llevan el desayuno al cuarto? ¿Y eso es muy caro?

Dime por favor más cosas sobre el mar. ¿Te metiste a nadar en la tarde? ¿Me juras que mojaste mi traje de baño azul para que las vibras del agua salada cruzaran los aires y llegaran hasta mí? ¿Me juras que lo untaste todo de arena para que yo sienta lo que se siente?

¡Ay, hermanita, estoy muy rara sin ti! Voy a la oficina y luego vengo a la casa, como cualquier cosa y me pongo a trabajar pasando a máquina los papeles tan aburridos que me da el jefe, pero cuando acabo no tengo a quién contarle nada y eso es muy feo. Además llueve muchísimo y se va la luz por horas y me siento muy sola. Creo que tú debes sentirte igual.

Escríbeme con toda sinceridad la cosa del dinero. Quiero saber cuánto crees que hace falta para echar a andar la casa y así hacer cuentas del tiempo que tendré que estar aquí trabajando. Ya me urge saber cuándo me podré yo también ir para allá. No me gusta estar sola. Quiero únicamente quedarme los meses estrictamente necesarios para juntarlo y correr a alcanzarte. Por favor, escríbeme lo que tengas claro sobre esto. Cuídate y muchos besos.

P.D. La licuadora ya no tuvo compostura. El tipo me juró que hizo todo lo posible pero que no pudo arreglarla. Ni modo. Y además, se fundió el foco del baño y esta vez te toca a ti cambiarlo. ¡Ja, ja!

4

Así fue como empezó mi penar. Viernes tras viernes de mi vida te esperé sentada en la barra del Vips y viernes tras viernes volviste por mí con tu silencio, con tu mirada. Una y otra vez me dejaste estar a tu lado, caminar detrás de ti hasta la puerta, hasta el estacionamiento, hasta el coche, hasta un hotel, hasta el baño donde me lavabas con cuidado o con furia según tus humores, donde me untabas aceite o crema según tus placeres, donde me besabas o acariciabas según tus quereres.

Semana tras semana me llevaste a camas de hotel, me subiste en sillas, me sentaste en mesas, me hiciste altares, me pintaste el cuerpo y la cara, me pusiste flores en el pelo, me acomodaste una larga flor amarilla entre las piernas y otra más corta entre los dedos de los pies. Me dejé vestir unas veces de seda y otras de algodón. Me dejé poner velos y collares y fondos de encaje y cuellos con almidón. Me dejé recoger el pelo y untar bálsamos y rociar perfumes. Me dejé envolver en terciopelo y en lana, poner sombreros y sandalias, ahumar con incienso y esparcir de jazmín. Me dejé estar desnuda en las noches y en los días. Me dejé mojar en la lluvia y revolcar en el pasto. Me dejé meter de madrugada en el mar y a media tarde en las albercas. Me dejé amar en el silencio y en la oscuridad y también cuando por la ventana se escuchaban los ruidos de la gente, las voces de los niños y de los vendedores. Bailé antes y después de hacer el amor. Comí, bebí y fumé antes, durante y después de hacer el amor. Dediqué todo mi tiempo, mi cuerpo, mi vida y mis sueños exhaustos a hacer el amor.

11 de agosto
Hermanita de mi corazón:

    ¿Cómo estás? ¿Cómo te sientes? Yo aquí me siento muy sola. No acabo de organizar mi vida sin ti. Es como si todo fuera provisional, uno de esos sábados cuando te ibas a comprar plantas y yo pasaba el día esperándote en el silencio tan sobrecogedor.

    La verdad es que me arrepiento del modo como hicimos el plan. Me parece injusto que tú te hayas ido y yo esté aquí. ¿Por qué no nos fuimos las dos con el dinero que teníamos y a ver allá como le hacíamos para salir adelante?, ¿por qué soy yo la que tiene que trabajar hasta conseguir el dinero que falta mientras tú vives en un hotel y paseas junto al mar? La verdad es que me enoja mucho. Es más, estoy furiosa.

12 de agosto

Perdóname, hermanita, por el berrinche de ayer. Lo que pasa es que te extraño y no aguanto la soledad. A pesar de que prometimos no decirlo y no ponernos tristes, no lo puedo evitar. Quisiera estar contigo allá o por lo menos juntas aquí en la cocina preparando de comer y contándonos las cosas del día. Quisiera pasar la tarde caminando, yendo a comprar algo y viendo las telenovelas. Pero lo que más añoro son las horas sentadas junto a la ventana, o las horas en la banca del parque, viendo fotos y libros y soñando con islas y pueblos lejanos y con el mar. Yo creo que me enojo por envidia, por todo lo que tú estás viendo mientras yo aquí sigo igual, tan encerrada.

Dime, ¿hay mucha gente en nuestro pueblito? ¿Cómo es el mercado? ¿Cómo le haces para comprar cosas, para pedir favores, para cambiar dinero? ¿Cómo te mira la gente? ¿Es muy difícil el italiano o te basta con ponerle "ini" al final de todas las palabras y la gente te entiende? Escríbeme, por favor, espero tus cartas con desesperación. ¡Quisiera tanto ya poderme ir! ¿Cuánto dinero crees que falta?

5

¿Te acuerdas de cuántas horas me tuviste metida en esa tina llena de agua tibia para que me hiciera suavecita por dentro y cuando salí estaba tan rasposa que no me podías ni tocar? ¿Te acuerdas de que me diste a morder galletas rellenas de crema mientras me tenías boca abajo sobre un piso fresco de barro? ¿Te acuerdas de que me sentaste encima de la televisión muy untada con mermelada y muy olorosa a perfume para mirarme desnuda al mismo tiempo que veías una película en la que no sé quién bailaba vestida de rojo? ¿Te acuerdas de que trajiste un trío para que cantara en el balcón canciones románticas mientras nos bañábamos en la regadera? ¿Te acuerdas de que bebiste vino blanco derramado en mis huecos mientras yo me retorcía más de ardor que de placer?

¿De qué más te acuerdas, de qué más no te has olvidado en esas tardes llenas de luz, bochornosas de calor, cuando nuestros cuerpos se quedaban pegados de sudor y se los oía crujir?

Yo no me acuerdo de nada, todo lo he olvidado. Apenas si recuerdo el peso de tu cuerpo sobre el mío, lo tibio de tus manos y de tu pecho, lo frío de tus nalgas y de tus pies, lo duro, lo rasposo, lo perfumado. Ya se me olvidaron tus rincones, esos que tan cuidadosamente exploré y que tan bien conocía. Ya se me olvidaron tus olores y tus sabores. Necesito otra vez recorrerte, tocarte, sentirte, para poder acordarme de todo. Necesito tocarte porque ya todo se me olvidó.

21 de agosto

Hermanita mía:

¿Cómo es eso de que no encuentras una casa del tamaño que queremos? ¡No vayas a meterte en una mansión con demasiadas recámaras! Acuérdate de cuántas veces dijimos que sólo cinco huéspedes, los suficientes para juntar el dinero para vivir, trabajando poco y con mucho tiempo libre para leer y pasear. Por favor, no olvides el plan. No aceptes una casa con tantos cuartos como ésa que te enseñaron, porque nos esclavizaría. Y además, porque requiere de mucho dinero y yo ya me quiero ir para allá. Si el plan aumenta de precio, estoy condenada a quedarme aquí demasiado tiempo hasta juntar lo que falta. Acuérdate de eso y ten piedad de mí. Solamente entre siete y ocho habitaciones, ni una más. Y si se puede de tres pisos mejor, para hacer abajo una zona de reunión y nuestros cuartos hasta arriba.

Más vale que te quedes un tiempo en el hotel, pero no alquiles algo que no sea lo que queremos. Ya sé que es difícil, pero tiene que ser así. Tengamos paciencia, verás que va a salir bien. Entiendo que te sientas sola, que por momentos desesperes, pero recuerda las tardes junto a la ventana, con los mapas extendidos sobre la mesa y con la cabeza llena de ilusiones. Verás que si lo haces te harás fuerte y no claudicarás. Es lo mismo que hago yo, que ya me estoy reconciliando con la vida y voy recuperando el buen humor que había perdido cuanto te fuiste. Por favor, aguanta, sé fuerte, sigue buscando hasta encontrar lo que queremos. Y cuando no puedas más, métete al mar. Estoy segura, por lo que cuentas, de que eso quita todos los pesares y todas las angustias y todas las tristezas y todos los dolores. Te beso con mucho, mucho cariño.

6

Oí tu voz por primera vez un día en el camino. Sin más, en esa carretera infinita que cruza todo el país hasta la frontera, te soltaste a hablar de los lugares, de la gente, del desierto, de las lechuzas, del tren y de las minas. Hablaste todo el tiempo mientras nos cruzábamos con camiones altísimos que llevaban fuertes luces encendidas, hablaste mientras llenabas el coche de gasolina en estaciones desiertas, mientras atravesábamos por campos sembrados, mientras cenábamos en algún restorán de pueblo, mientras entrábamos en un cuarto de hotel y mientras hacíamos el amor.

Desde entonces ya no viví todo el tiempo desnuda y encerrada entre cuatro paredes, pues empezamos a salir para ir a comer, para ir a caminar, para ir a sentarnos a algún lado. Caminamos por calles, iglesias, plazas, mercados y jardines. Subimos cerros y cruzamos puentes. Caminamos horas enteras viendo, hablando, callando. Nos quedamos sentados descansando en las bancas de los parques, en las orillas de las banquetas y en las escaleras de las casas, sentados comiendo en cafés y en fondas. Y una vez y otra vez volvíamos al hotel para hacer el amor y luego de nuevo nos íbamos para afuera.

Y allí iba yo de un lado a otro, atrás de ti y contigo, siguiéndote, oyéndote, mirándote, admirándote. Que aquí los gringos hicieron no sé qué pero mi general no sé cuántos los detuvo. Y por allá se meten los refugiados pero el gobernador tal los manda kilómetros y kilómetros tierra adentro. Estos indios se llaman así y hablan tal idioma y hacen bordados en cinturones y en camisas. Y los otros atraviesan cada año el desierto buscando peyote. Y aquellos se levantaron con el caudillo perengano en el año de mil novecientos y tantos pero los aplastaron y éstos nunca se dejaron pacificar. Por este río cruzan los indocumentados y en este cerro estuvo el cura fulano incitando a los cristeros. En esta iglesia oficia el obispo tal que tiene líos con Roma y en esta fiesta adornan con rábanos y en esta otra con papel de colores.

Y allí iba yo oyéndote, mirándote, bebiéndote, comiéndome los camotes que comprabas en la salida a Puebla y las morelianas en la entrada a Toluca y las cocadas en el centro de Querétaro y los mangos con chile en el camino a Acapulco. Y allí iba yo comprando todas las artesanías que veía, no para adornar mi casa como tú creías sino para traerme pedacitos de los lugares en donde tanto te amé. Así fue como me hice de una cajita de vidrio en San Miguel, un espejo de conchas en Veracruz, unos huaraches de cuero en Valladolid, un morral de hilo en Cuetzalan y uno de lana en Oaxaca, un suéter grueso en Chiconcuac, una hamaca en Yucatán, una mesa laqueada en Pátzcuaro, un marco de latón, un papel de amate, un sombrero de palma, una pulsera de hilos de colores, un huipil con bordados en rojo, un candelabro de cerámica, unas espigas de maíz seco, un comal pintado de colores, una olla incrustada de pedazos de espejo, una jarra de cobre, una guayabera, un frasco de miel, un litro de rompope y medio de vainilla.

6 de septiembre
Hermanita lindísima:

¡Bravo! Te felicito. Te has movido rápido. Yo no lo hubiera hecho mejor. ¡Y eso que tenías tanto miedo! Yo creo que eres más fuerte que yo, mejor te hubieras quedado tú aquí trabajando y yo me hubiera ido para allá. Estoy de acuerdo contigo en rentar esa casa que tanto te latió, pues siempre debes hacerle caso al corazón. Además, creo que ya viste todas las que hay por allí. Si la dueña te hace esperar unos días pues ni modo, después de todo no hay tanta prisa y eso de vivir en el hotel tan bien atendida no debe ser nada feo. Así que aguanta un poco más.

No te enojes porque no te cuento de mí. Primero, porque mi vida ya la sabes de memoria y es muy aburrida. De diez a seis estoy en la oficina y por las noches hago mi trabajo extra en la casa y veo una película en la tele. De dinero no me puedo quejar, me va bien, aunque cuesta mucho esfuerzo ganar cada peso y me canso mucho. Y en segundo lugar, porque estoy tan pendiente de lo que pasa contigo del otro lado del mar y tengo tanta prisa por llevar mis cartas al correo, que no me pongo a escribirte detalles de mi persona. Lo único que quiero es ya irme, estar juntas allá.

Pero sí te voy a contar que la otra noche me sentía tan aburrida, que me fui al Vips a tomar un café. Te confieso que me sentía extraña, yo solita, en la noche y en un restorán. Pero nadie me molestó ni me dijo nada. Estuve muy a gusto, pensando, viendo a la gente y dejando pasar el tiempo. ¿Te acuerdas de cuando nos daba por ir a comer chilaquiles en las madrugadas para entretener el insomnio? Me da nostalgia acordarme de esos momentos. Siempre nos gustó mucho la sensación del Vips a esa hora, solitario pero con luz, esa luz nocturna, tan exageradamente blanca, que hacía verse más sola a la poca gente que había.

Bueno, escríbeme y recibe muchos besos de mi parte.

P.D. No lo vas a creer pero adivina quién se casa: Adela. En serio, no es cuento. Ya nos invitó a todos a la ceremonia y al banquete con baile. ¡Imagínate!

7

Porque tú me enseñaste este país. Tú me llevaste y me trajiste, me subiste y me bajaste, me hiciste conocerlo y me hiciste amarlo. Me llevaste a Guanajuato y a San Miguel de Allende donde decías que era la ruta de la Independencia pero yo sólo veía azulejos. Me llevaste a Oaxaca donde hablaste de Juárez el héroe y de Díaz el dictador, pero para mí era sólo un lugar lleno de huipiles y animales de madera pintada. Me llevaste a Orizaba y a Córdoba para contarme de Maximiliano pero yo sólo vi la neblina y los mariscos. Me llevaste a Michoacán por aquello de Cárdenas pero yo sólo me acuerdo de las guitarras y el cobre. Me llevaste a San Luis Potosí a ver un ayuntamiento en manos de la oposición pero yo sólo vi las enchiladas rojas y el agua de Lourdes. Me llevaste a Juchitán por lo mismo pero yo sólo vi a las mujeres gordas y fuertes que trabajaban sin parar.

Me arrastraste a Mérida en una frontera y a Monterrey en otra frontera y en todas partes hacía calor, calor húmedo y calor seco. A Veracruz para que viera el Golfo y a Mazatlán para que nadie me contara del Pacífico, a Cancún para conocer el Caribe y a Baja California donde el mundo tiene su orilla y también en todos esos sitios hacía calor. Me enseñaste a los rubios de los altos de Jalisco, a las mujeres nalgonas de la costa, a los hombres muy bajitos y oscuros de la sierra. Contigo vi a los indios, a los dueños del mundo, los tarahumaras tan flacos, los mixes tan pequeños, los de Cuetzalan vestidos de blanco, los de Janitzio pidiendo limosna, los de Oaxaca con sus ropas bordadas de flores, los de Chiapas tan desolados, los de Guerrero tan sensuales, los que venden serpientes y frutas en las orillas de los caminos, los que veneran al peyote en un cerro, los que tejen, los que amasan, los que rezan en un templo, los que venden en un mercado, los humildes, los agresivos, los enojados, los alegres, los tristes, y los pobres, siempre los pobres.

16 de septiembre
Hermanita mía:

¡Así que tu corazonada funcionó y ésa es la casa de nuestros sueños! ¡Así que te enamoraste de ella y ya ni siquiera buscaste más! A mí me parece que, según lo cuentas, es una mansión y no una casa. Demasiado grande y demasiado vieja y demasiado derruida, pero está bien si tanto te gustó. Además, tienes razón, un jardín no es mala idea. Ya me estoy emocionando. Lo que me preocupa es que si tiene tantos años abandonada —o siglos como dices tú— nos va a costar mucho dinero echarla a andar, aunque también es cierto que nos vamos a ahorrar en la renta. ¿Se sorprendió mucho la dueña de que alguien se interesara por esa ruina? ¿Por qué está deshabitada? ¿No tendrá alguna cosa mala y por eso nadie la usa? ¿Qué tan maltratada está? Creo que lo que te hizo enamorarte de ella fue el jardín, ya te conozco con tu locura por las plantas y hablas más de él que de la casa, pero no te olvides de que nuestro negocio va a ser adentro y no entre los árboles.

En fin, decide tú. Haz lo que creas mejor. ¿Cómo te sientes? ¿Cómo te las arreglas con la soledad? ¿Vas mucho a nadar al mar?

Yo aquí ando bien aunque te extraño mucho. El otro día me invitó Julia a una reunión en su casa pero me aburrí como ostra en medio de tantas parejitas. Y además era un mal día, porque habían operado de emergencia a Estelita y yo andaba cansada pues estuve mucho tiempo en el hospital. Nos dimos un sustote pero ya está bien. La cirugía fue muy difícil por su gordura. La Chata no se le despegó un instante. Esas dos se quieren como tú y yo sin ser nada de la familia.

Lo que me entretiene es ir en la noche al Vips. Allí me siento bien, como si tuviera compañía, así que ya lo empecé a agarrar como costumbre y voy todas las noches alrededor de las diez. Me he acordado mucho de Sergio. Él nos metió en la cabeza la idea de viajar. Era de lo único que hablaba y por fin lo logró. ¿Dónde andará ahora? Desde que se fue no he tenido novio. ¿Cuánto tiempo hace de eso? Ya hasta perdí la cuenta. Lo quise mucho; yo creo que por eso no encuentro otro.

Me encantan los días festivos. Te escribo metida en la cama a la una de la tarde y no pienso vestirme. Ayer fui con Tere a oír el grito a Coyoacán. Había muchísima gente y no se podía ni caminar, así que regresé temprano y mejor me fui al Vips.

Estaba tan metida en mis pensamientos que no me di cuenta cuando un chavo se sentó junto a mí. De repente allí estaba, con sus barbas y su chamarra de mezclilla, muy del tipo de Sergio, dime si no es magia, tanto que me he acordado de él, y muy dispuesto a platicar. Estuvimos un buen rato hablando de mil cosas y luego me invitó a su casa y no me preguntes por qué, si porque era día de fiesta y yo estaba en ese ánimo, el hecho es que fui. Resultó que tocaba la guitarra, así que estuvimos tomando vino y cantando y la pasé muy bien.

Bueno, recibe mis besos más cariñosos y escribe.

8

Así pasé todos los viernes, los sábados y los domingos de mi vida. Imaginando que la felicidad era eso, que la felicidad estaba en los caminos, en los hoteles, haciendo el amor. Imaginando que todo podía detenerse por estar a tu lado, sintiendo que todo podía calmarse por estar contigo.

¿Dónde era que olía tan fuerte a cebolla? ¿Y dónde era esa planicie enorme y negra en la que ardía un fuego todo el tiempo? ¿Dónde era que nadaba un pato solitario en un ojo de agua verde y estancada?

Creo que lo he olvidado todo. Apenas si me acuerdo de una casa de piedra con un patio donde secaban el barro, de una procesión con una Virgen cargada en andas y paseada por mucha gente que llevaba velas prendidas y cantaba, de un pollo con mole servido en platos de peltre blanco con el borde rojo, del frío intenso en una noche del quince de septiembre a la hora del grito, de una chimenea en un cuarto muy húmedo, solitario entre árboles altísimos y una negra oscuridad. Apenas si me acuerdo de nada. ¿Dónde fue que comimos buñuelos enormes bañados en miel? ¿Dónde era que vendían miles y miles de manzanas y olía toda la calle a esa fruta? ¿Dónde nos tomaron una foto pequeña que metieron en un llavero con forma de corazón? ¿Dónde pasamos la noche dando vueltas en un zócalo lleno de árboles? ¿Dónde compramos macetas decoradas con flores de colores rosa y azul pastel? ¿Dónde era que hacía un sol abrasador a las doce del día y no había un alma en las calles más que tú y yo? ¿Dónde fue ese panteón lleno de flores y velas que visitamos un atardecer de noviembre acompañando a los deudos que comían y bebían sobre las tumbas? ¿Dónde era ese lugar en el que nos sentábamos en una colina pequeñísima y se veía todo el valle con sus montañas y la luz pasando a través de las plantas? ¿Cuál era esa iglesia donde llevaban al Niño Dios vestido y aventaban confeti? ¿Dónde comimos esos helados de sabores rarísimos y por primera vez probé la tuna roja y la leche quemada? ¿Dónde era que había una banca de azulejos en medio de un camellón y detrás de una fuente vacía? ¿Y dónde ese camino bordeado de ahuehuetes y ese arco que se hacía de pura enredadera? ¿Dónde estaban esos niños que nos seguían durante muchas cuadras pidiendo cigarros? ¿Dónde era ese lugar en el que vendían jarras de vidrio transparente y delgado? ¿Y dónde esa placita que tenía una tienda en la esquina en la que me compré un cinturón tejido con una hebilla en forma de pescado? ¿Dónde era esa lluvia tan fuerte que no nos podíamos ni ver? ¿Y dónde esas flores tan amarillas que olían intensamente a campo? No me acuerdo de nada. Lo he olvidado todo, todo.

30 de septiembre
Hermanita de mi alma:

¿Cómo estás? Felicidades por la firma del contrato. Muchas felicidades. Felicidades para las dos, para ti y para mí. Mientras te escribo esta carta brindo por nuestra casa italiana. Espero que pronto me mandes una foto para conocer en qué se invirtió mi dinero, ganado con tanto esfuerzo.

Se ve que le caíste bien a la dueña, porque siendo extranjera y sin conocer a nadie, te rentó la casa y te arregló rapidísimo los papeles. ¡Qué bueno!

Oye, ¿el mar está muy lejos? ¿No se ve ni un pedacito desde alguna de las ventanas?

No te olvides de poner pan y sal en un nicho como hacía la abuela para que nunca falten y no te olvides de entrar el primer día con el pie derecho. A la suerte hay que apapacharla siempre; es muy importante. ¡Pobre de ti, lo que ahora te espera! Eso sí no te lo envidio. Buscar albañiles, pintores, plomero y electricista. Ojalá allá sean más cumplidos que aquí. ¿Te acuerdas cuando pintamos la casa? Todavía me da risa pensar en el batido que hicimos.

¿Cómo van nuestros fondos? ¿Todavía te alcanza? Ya he juntado algo más, así que en estos días te mandaré un giro para que te las arregles con menos preocupación.

El guitarrista del que te platiqué me volvió a buscar y otra vez fuimos a su casa. Comimos panes con queso y cantamos. Y pues de poco en poco, al rato ya estábamos echados en la alfombra junto a la chimenea y empezaron los besos y bueno, pasó lo que te imaginas.

¿Sabes qué? Me siento muy rara desde ese día. Por muchas razones. Porque no tenía ninguna protección y me da miedo quedar embarazada, todo fue tan de repente, y porque desde Sergio yo no había vuelto a estar con un señor. Y de eso hace mucho tiempo. Y además, con él lo hice porque lo quería muchísimo y siempre pensé que nos íbamos a casar. ¡Cómo me dolió cuando dijo que se iba a viajar por el mundo solo, sin mí! ¿Te acuerdas? Pero con este chavo, pues apenas lo conozco. Si no fuera porque quiero ahorrar cada peso, te llamaría por teléfono. No sabes cómo te extraño, cuánto quisiera oír tu voz, comentar las cosas. Ahora casi ni me río, pero no es por tristeza sino porque no tengo con quién. Ya ves que los compañeros de trabajo siempre son muy serios, así que me haces falta tú. Y más después de esto que me pasó.

Por favor escríbeme y otra vez felicidades.

9

Apenas si me acuerdo de muy pocas cosas. De las señoritas de Xochimilco que concursaban por ser la más bella del ejido, con sus trajes bordados y las cabezas llenas de flores. De los indios caminando por San Cristóbal, vestidos de manta y cargando un morral. De la vista desde Cuetzalan y de las garzas altísimas hechas de raíces en el patio del hotel.

Me acuerdo de la maleza que se cerraba alrededor de Palenque y de las mujeres panzonas afuera de sus chozas en el camino a Chichén. Me acuerdo de los niños en la plaza vacía a medio día en Comitán y de los policías que pedían pasaporte en el camión que se acercaba a la frontera del sur. Me acuerdo del rebozo negro que me compraste en Santa María y de la mugre en Janitzio y de la fiesta de quince años a la que nos metimos en León, con hielo seco y chambelanes.

De todo me acuerdo, de todo. De las velas gordas, perfumadas y de colores de Cuernavaca, de las velas blancas y delgaditas que compraste para entrar al convento del Desierto de los Leones, de las velas escamadas, velas adornadas, vela pan, vela víspera, vela negra, vela ciruela, vela del lagarto, velas de cera y de cebo, velas de los campesinos en Cobá y de los creyentes en Chamula. De todo me acuerdo.

Me acuerdo de las fotos que ponen en un marco de corazón y de las que ponen en un marco de cartón y de las que nos tomaron parados detrás del dibujo de un charro y una china poblana o montados en un caballo brioso o junto a los Reyes Magos en procesión. De todo me acuerdo, de todo. De cómo me sentí mal en las curvas entre Oaxaca y Puerto Escondido, en las curvas entre Tuxtla y San Cristóbal, en las curvas rumbo a Guelatao. De los árboles altísimos en los bosques alrededor de Toluca, de las barrancas profundas en la sierra, de la soledad y el calor al atravesar los cañones, de la impetuosidad de los ríos, de la luminosidad del aire y de la oscuridad del mar. Me acuerdo del cielo negro en las noches, de las nubes al medio día, de los cerros, del agua de las fuentes, del frío que se sentía por fuera de la ventana y el vaho que quedaba por dentro. De todo eso me acuerdo, de todo.

15 de octubre
¡Feliz cumpleaños, hermanita!

Octubre es el mes de las tardes más lindas. ¿Te acuerdas de la canción?: "De las lunas, la de octubre es más hermosa, porque en ella se refleja la quietud de dos almas que han sabido ser dichosas al abrigo de su tierna juventud" (o algo así, no me acuerdo muy bien).

Me dio sentimiento cuando en tu carta hablas de lo mucho que extrañas la comida mexicana. ¡Si pudiera te mandaría ahorita mismo unas enchiladas de mole! Te prometo que cuando me vaya para allá llevaré de todo para preparar cosas ricas. Oye, ¡qué buena tu idea de estudiar italiano!, eso va a facilitarte la vida. Adelante.

Yo aquí sigo. Veo mucho a mi amigo el guitarrista. Viene casi diario a la casa. Está a punto de recibirse de arquitecto y se va a ir a estudiar a Inglaterra. ¡La suerte que tengo para encontrar siempre viajeros! Como anda muy ocupado preparando su examen, llega ya de madrugada y viene sólo a lo que te imaginas. Al principio me sentía yo extraña, pero así fueron siendo las cosas. Ya nunca cantamos, casi ni hablamos, todo el tiempo lo dedicamos a eso, como si él quisiera aprovechar lo que pueda antes de irse. Lo que sí, es que me regala muchas cosas. Me trae comida, flores, discos y el otro día me dio una blusa. Dice que le gustan mi sentido del humor y mi calidez. De mi cuerpo por supuesto que no dice nada, ¡qué va a decir el pobre!

¿Cómo van los arreglos de la casa?, ¿qué tal alcanza el dinero? Escríbeme todo y recibe muchos besos.

P.D. Tengo una duda. ¿No le habías terminado de pagar al doctor Méndez? Me habló su secretaria para que le pase a cubrir el saldo y yo no encontré en tus cajones ningún recibo de nada. Déjame saber de esto.

Otra P.D. Empecé a tomar pastillas porque no quiero arriesgarle. Fui a la farmacia y le pedí a la señorita que me diera unas, pues no tenía receta. Ando algo mareada y como que retengo agua, pero más vale eso que un susto.

10

Porque tú me llevaste y me trajiste, me subiste y me bajaste, me enseñaste y me contaste todo sobre este país, mi país.

Y yo todo lo oí, todo lo vi, lo olí, lo probé, lo toqué porque te amaba, porque además de tus palabras, de tus paseos y de tus historias estaba tu cuerpo que me hacía el amor. El amor en camas que rechinaban en Cuernavaca, en camas altísimas en Tehuacán, en camas que parecían hamacas en Querétaro, en camas grandísimas en San Miguel, en camas de arena en Acapulco, en camas angostitas en Valladolid, en camas húmedas en Zacatlán, sin cabecera en Mérida, llenas de chinches en Zitácuaro, suavecitas en Comanjilla, imperiales en Fortín.

Me acuerdo cuando te dio por nadar y nos metimos desnudos en cuanto lugar de agua se cruzó por los caminos. Así fue en Montebello, escondiéndonos si alguien pasaba por allí, así fue en Zempoala envolviéndonos después en una sola toalla, así entramos en el mar gris del Golfo, en el mar bravo de Baja California, en el mar azul de Cozumel y en el mar inmenso del Pacífico. Así nos detuvimos en mil aguas por los caminos: ríos y estanques, apantles y albercas, gélidos o hirvientes, sucios o transparentes en Tepoztlán, en Matehuala, en Comanjilla, en Chiapas y en Mazatlán. Me acuerdo de las aguas en la cascada de San Antón y en las cascadas de San Miguel. Un día me enseñaste una cascada artificial que un cacique de Juriquilla mandaba prender cuando quería escenario, otros días me llevaste a los lagos de Valle de Bravo, Pátzcuaro y Zirahuén. Fuimos al ojo de agua de Nu Tun Tun y al de Misol-Ha, a un cenote adentro de una cueva en Valladolid, a los ríos enormes que corren por Tabasco, a los riachuelos sin nombre que corren por Morelos y también a los canales de Xochimilco cubiertos de lirio. Me acuerdo de un camino de agua detrás de las ruinas de Palenque y de un cenote en Chichén-Itzá. Me acuerdo de un arroyo bordeado de árboles en San Miguel y de una fuente llena de monedas en Guanajuato. Me acuerdo de las aguas heladas de la alberca de Santa María, de las gardenias en la alberca de Fortín, del vapor de la alberca en Comanjilla, del agua tibia de Tasquillo, del agua sulfurosa de Cuautla, del chorrito que salía de la regadera en Nautla, de la tina enorme que daba masaje en Cuernavaca.

¿Te acuerdas de la lluvia que inundó nuestro cuarto durante dos días en Nautla? ¿Te acuerdas de las aguas que tomamos en vasitos muy pequeños en Tehuacán? ¿Te acuerdas de las aguas amarillas de San José? ¿Y del agua que sacamos de un pozo hondísimo para echarle al motor del coche afuera de Guanajuato? ¿Y de todas las tinas y regaderas en las que nos bañamos y de todos los excusados por donde corrieron nuestras aguas antes y después de hacer el amor?

Me acuerdo cuando te dio por las playas y fuimos a las solitarias de Colima, a las privadas de Jalisco, a las turísticas de Vallarta, a las de Manzanillo, de Isla Mujeres y de Cozumel. Me acuerdo de las playas negras de Tabasco, de las playas grises de Tampico, de las playas sucias de Acapulco. Pero sobre todo me acuerdo de las rocas inmensas de Cabo San Lucas contra las que se estrellaba el mar y de un montículo pequeño de rocas al final de la playa de Puerto Escondido en donde por las tardes pegaba muy fuerte el sol.

Me acuerdo cuando te dio por los mercados y cuando te dio por los jardines y cuando te dio por los campos abiertos y cuando te dio por las iglesias y cuando te dio por escalar montañas y cuando te dio por las ruinas. Me llevaste entonces a ver puestos de fruta y puestos de quesos y puestos de ropa en todos los mercados del país. Me llevaste entonces a ver bancas y faroles y fuentes y quioscos en todos los parques y jardines y plazas del país. Me llevaste entonces a ver sembradíos de alfalfa, de maíz, de jitomate y de frijol por todos los campos del país. Me llevaste a recorrer conventos, santuarios, parroquias y ermitas y a conocer cada piedra de Palenque, de Chichén, de Teotihuacan y de Uxmal. Pero ninguna piedra, ninguna ruina, ningún lugar de entre todos los lugares fue como Monte Albán, el ombligo del mundo, el centro de todos los centros, el lugar más bello y el más sagrado de la creación.

4 de noviembre
Hola, hermanita:

¿Cómo que te vas a pasar a vivir a la casa para ya no pagar hotel? ¡Pero si ha de ser un horror con los trabajadores allí, con el polvo, con los materiales! Es cierto lo que dices de que así los puedes controlar y apurar, pero ya me imagino tu vida en medio de ese desorden y ese ruido. En fin, tú sabrás lo que haces.

Te sorprendió el giro que te mandé, ¿verdad? ¿Sabes de dónde saqué el dinero extra? Pues ni te lo imaginas: me lo dio mi amigo el guitarrista. Todo empezó porque el otro día me dijo que si tenía antojo de algún regalo en especial y yo le pedí el disco de Julio Iglesias que trae sus grandes éxitos. Entonces me lo prometió, pero dos noches vino sin traerlo porque no le había dado tiempo de buscarlo. Por fin lo que hizo fue sacar de su cartera un montón de billetes y me los dio para que yo lo comprara. Pero cuando lo conté resultó que era muchísimo más, ¡alcanzaba para diez discos! Y desde entonces se agarró esa costumbre. Cada vez que viene me regala dinero. Lo único malo es que está llegando tan tarde que a mí me cuesta trabajo esperarlo despierta. Y cuando está aquí, me tiene dándole una y otra vez hasta que amanece. En las mañanas no me puedo levantar para la oficina. Traigo una cara que deberías ver, con ojeras enormes. Pero bueno, ya pronto se irá y tendré tiempo de sobra para dormir.

Escríbeme hacia dónde mira mi cuarto. ¿Te has acordado de dejarme un rincón junto a una ventana como el que tengo aquí?

Cambié otra vez el acomodo de los muebles, ya sabes que me da por eso. El sillón grande lo puse delante de tus plantas, así que nada más se ven las hojas por encima y lo demás lo dejé vacío hasta la mesa. Se ve bien, como más grande el espacio. Y la tele la pasé a tu cuarto para irla a ver allí y sentirme acompañada por ti.

Bueno, eso es todo. Estoy cansadísima. Escribe.

P.D. Los refrescos subieron al doble. Primero no se conseguían por ninguna parte, y por fin sucede esto.

11

Siempre supiste cómo me gustaban las tardes. Después de un día caluroso, cuando aún queda luz pero el sol ha bajado, cuando corre el viento pero aún no hace frío, ése es el momento perfecto para hacer el amor. Cuántas tardes pasamos desnudos mirando a través de la ventana, cuántas tardes en cuartos cerrados y sofocantes oyendo música, pensando, silenciosos. Y cuántas tardes afuera, en el mundo. Una tarde la luz caía vertical sobre una curva muy pronunciada en el camino a Guanajuato. Una tarde los montes que rodean a Tepotzotlán brillaban verdes y cafés. Una tarde el camino a Real del Catorce estaba intensamente iluminado por los rayos del sol que se ponía. Recuerdo las tardes de rojos suaves en Jalisco y las tardes de rojos oscuros en Baja California y recuerdo las puestas de sol en los campos, en las playas, en los pueblos.

De todas mis memorias contigo, las que más me conmueven son las de esas tardes llenas de luz, a esa hora en que todo guarda silencio. Recuerdo siempre los sonidos apagados de las tardes, la soledad de las calles los domingos en la tarde, el sonido de las campanas en todas las iglesias a media tarde, nuestro café con pastel.

En Jalapa me llevaste de día a un museo rodeado de jardines y de noche a un bar donde tocaban dos pianos. En Guadalajara me llevaste de día a oír mariachis y de noche a bailar. En Veracruz me llevaste de día al Zócalo y de noche a oír canciones de amor. En Oaxaca me llevaste de día a mil tiendas de artesanías y de noche a comer tamales de chipilín. En Mérida, en Cuernavaca, en Tehuacán me llevabas en las mañanas a mirar a la gente en las calles y en las tardes a sentarme en las plazas para oír a los pájaros que se ponían todos juntos sobre los árboles y los cables de luz.

En León me compraste zapatos y dijiste que así debía ser. En Taxco me compraste aretes y dijiste que así debía ser. En Tlaquepaque me compraste un vaso de vidrio rojo y en Valle de Bravo una blusa hilada de algodón. Y siempre dijiste que así debía ser. En todas partes decían que yo era tu esposa. Los músicos me dedicaban canciones, los meseros me traían una silla, todos me trataban como lunamielera, como embarazada y yo estaba feliz. Porque feliz estuve contigo, andando por este país.

29 de noviembre
Hermanita querida, hola:

¿Cómo vas? ¿Cómo te sientes viviendo en la casa? ¿Qué decidiste para lo de las ventanas? ¿Cómo va tu italiano?

Me encanta el presupuesto tan detallado que me mandaste. Sólo que en liras suena muchísimo y yo me asusté. No supe a quién pedirle ayuda para traducirlo a pesos.

Fíjate que traigo una impresión fuerte. Hoy que venía para acá, vi en el puesto de las flores a una muchacha que recogía todo. Como hacía ya dos semanas que estaba cerrado, me paré y le pregunté qué pasaba. Resulta que la viejita era su mamá y se murió. Le di el pésame sinceramente. ¿Cuántos años la vimos todos los días de nuestra vida? Y siempre fue muy amable con nosotras.

La verdad es que pretextos necesito para andar melancólica. Y es que ya se va mi amigo. Hace unos días me dejó dinero para pagar tres meses de renta, y como yo no se lo quería aceptar, me dijo que no me preocupara, porque su papá tenía mucho y le daba todo el que quisiera, y porque además, ésa era su manera de darme las gracias por haberlo hecho feliz antes de irse. Me juró que siempre me recordaría. Yo no lo pude evitar y lloré. ¡Ya me conoces cómo soy de sentimental!

Total, que ando como esos perros callejeros a los que se les pegan todas las pulgas. Me pasa lo puro malo. Se me manchó de betabel una blusa de rayas verdes y blancas nuevecita que me acababa de regalar mi amigo y no se le pudo quitar; se me perdió mi bolsa, yo creo que la dejé en un taxi, con las llaves de la casa y fotos y mil otras cosas. Por suerte no llevaba dinero, pero tuve que llamar al cerrajero y cambiar la chapa, y esperar montones de tiempo y pagar un dineral. Pero lo que es peor, se me rompió el espejito que me regalaste el día de tu despedida y por más que lo metí en agua luego luego, tengo miedo de los siete años de mala suerte.

En fin, yo creo que me trae de capa caída que se vaya mi amigo. ¿Tú crees que algún día aprenda a soportar las despedidas? Escríbeme.

12

Cuántas veces fuimos a Puebla porque en un hotel que sólo tenía seis cuartos servían chiles en nogada para desayunar y cuántas veces subimos al Tepozteco porque allí tenías amigos que llevaban licuados de peyote para desayunar. Una y otra vez me llevaste a Veracruz porque en un hotel de cien cuartos servían caldo de camarón para desayunar y una y otra vez fuimos a Zihuatanejo porque allí tus conocidos tenían marihuana para desayunar.

Me enseñaste presas, túneles, bordos y puentes, caminos de piedra y de tierra, caminos de cemento y de polvo. Anduvimos en lancha por Celestún y en bicicleta por Jiutepec. Me enseñaste una cruz hasta arriba de un cerro en Jalisco y unos frailes de piedra en un cerro de Hidalgo. Vimos el coral negro en Pochutla y los bosques altísimos en El Oro. Garzas y peces, cerdos y borregos, pozos de petróleo, un aeropuerto en Uruapan, un pulpo enorme metido en una caja de madera, sembradíos de caña de azúcar, árboles de mangos y barras de jabón de coco. Todo eso vimos y más. Me compraste una calavera de dulce en Guanajuato pero no te dejé que le escribieran mi nombre porque me daba miedo y una cuchara de madera blanca en Ixtapan y a ésa sí se lo dejé pirograbar. Seguimos procesiones y posadas, cantando junto a los peregrinos que llevaban las cabezas cubiertas. Rompimos con ellos piñatas y oímos misas al llegar.

Pasé la navidad viendo rábanos de mil formas en Oaxaca, comiendo pavos de mil rellenos en Actopan, bailando en cien casas de Valladolid. Me llevaste en Semana Santa a ver las máscaras en Purísima de Bustos y el Día de Muertos a ver las ofrendas con panes y flores amarillas en Mixquic. Juntos estuvimos en cien días de mercado y en cien días de fiesta y en cien días de duelo y en cien días de la patria. Y de todos esos, recuerdo aquel cuando llevaban al Niño Dios con sus vestidos nuevos a pasear por Xochimilco.

Tres días me tuviste en Pinotepa Nacional sentada en el porche de un hotel que daba a la calle principal mientras tú hablabas con no sé quién. Tres días durmiendo en el techo de un hotel de Acapulco que se llamaba Casa Mexicana porque la dueña venía del Canadá y vivía aquí. Tres días en casa de una señora de Taxco que nos hacía vestirnos de largo para bajar a cenar. Tres días en una cabaña de Cuernavaca que estaba hasta el fondo de un jardín sombrío y junto a una cancha de frontón. Tres días en un cuarto con techos de zinc en San Miguel Regla rodeados de campos con flores silvestres. Tres días en la humedad de Zacatlán enroscados junto a la chimenea y tres días en Zitácuaro con algodón en las orejas para no oír a los camiones que subían por la carretera. Tres días vivimos en un hotel de Cuautla comiendo alubias y tres en un hotel de San Francisco del Rincón que daba a la plaza porque querías dedicarte a comer helados. Tres días en un hotel de San Cristóbal donde una señora alemana nos contaba de los lacandones y tres días en un hotelito de Zihuatanejo en el que una mujer francesa nos hablaba de artesanías.

Tres días me tuviste en Guanajuato en una casa en las afueras para bajar mil veces las mil escaleras que llevan al centro. Tres días en una construcción de madera en Nautla para ir mil veces a nadar al mar. Tres días en un hotel de Actopan para visitar el convento otra y otra vez más. Tres días en una casa de campaña cerca de una playa de Puerto Escondido, desde donde se miraba el horizonte. Tres días en un lugar de la sierra donde sólo había queso y tortillas para comer y tres días en un lugar de la costa donde sólo había pescado frito para comer. Tres días estuvimos en un hotel frente al zócalo de Comitán y tres en uno frente al fuerte de Campeche. Tres días en una cama sin cabecera de un hotel en

Mérida y tres en una casa sin baño en Huejutla. Tres días en Villahermosa en un cuarto hasta el que subía la humedad de la laguna y tres en Jalapa en un cuarto hasta el que subía la música del bar. Tres días en un hotel de Tuxtla hasta donde subía el olor de la cocina y tres en Morelia y tres en Tlaxcala, tres en Tecolutla y tres en Mazatlán. Y todos esos días y todas esas noches me llevaste a pasear, me hablaste, me acariciaste, me abrazaste y me hiciste el amor. El amor una y otra vez y tres veces más. El amor acostada, sentados y de pie. El amor vestidos, desnudos y dormidos. El amor con los dedos, con la lengua, con todo tu cuerpo. El amor de día, de noche, en el silencio, en la luz y en la oscuridad. El amor con frío, con agua, con lluvia, con calor. El amor en el coche, en la tierra, en el piso, debajo de la mesa y junto al espejo del tocador. El amor así y como sea, el amor.

18 de diciembre

Hola, hermanita:

¿Cómo estás? ¿Cómo van los arreglos de la casa? Me gustaría que me mandes alguna foto aunque esté en plena compostura.

Pues se fue mi amigo el arquitecto-guitarrista y para mi propia sorpresa, no me azoté ni me puse a cantar boleros. Creo que ya estoy aprendiendo a aguantar. La última noche lo vi muy poco rato porque en su casa le hicieron una gran fiesta de despedida a la que invitaron a su familia y amigos, así que ya había amanecido cuando llegó. Lo bueno es que era sábado y los domingos puedo dormir hasta tarde. Me regaló una grabadora grandota que suena muy bien, con muchas cintas y otra vez me dejó dinero. Nos despedimos cariñosos, deseándonos suerte en la vida.

Antier fui otra vez al Vips. Desde que conocí a este amigo no había ido porque me quedaba en la casa esperándolo. Pero me sentí bien de regresar. Me pinté un lunar en la mejilla, nada más por payasa. A ver si así me miran la cara y no lo demás, como me decía siempre la tía Greta, ¿te acuerdas?: "Mijita, haz lo posible porque te vean lo de arriba y no lo de abajo".

Estaba yo tomándome mi café y pensando en tonterías, ya sabes, cuando se me acercó un señor gordito y me preguntó si podía sentarse. Y antes que yo dijera nada, ya estaba allí, así que nos pusimos a platicar. Después de un rato, me propuso ir a la casa. Primero no supe qué hacer pero luego acepté para no sentirme tan sola porque ya me había acostumbrado a tener compañía.

Lo malo fue que desde que abrimos la puerta, el hombre ya no quiso nada más que lo que te imaginas. Y no pude zafarme. Antes de irse me dejó un poco de dinero sobre la mesa. Primero me sorprendió que lo hiciera y después me dio una ofensa enorme y me puse a llorar. Pero ya se había ido, no había forma de devolvérselo. Y ¿sabes algo?, luego pensé que era justo porque por estar con él no había yo adelantado nada de mi trabajo. Y es que me traje muchísimo para pasar a máquina y así juntar dinero en las vacaciones, en las que de todos modos no tengo nada que hacer ni nadie con quién estar.

Me han invitado a algunas posadas de la oficina y a una del edificio. En Navidad cenaré con Tere en casa de su mamá. ¿Qué vas a hacer tú en las fiestas? No te vayas a poner muy sentimental. ¡Es la primera vez en toda nuestra vida que las pasaremos separadas! Pero te aseguro que será la última, porque el otro año para estas fechas ya estaré yo allá.

Las plantas te extrañan casi tanto como yo. Mi mano no les gusta y están moribundas a pesar de que las riego un día sí y otro no como me dijiste. De plano el espárrago lo tuve que tirar porque se secó y se veía muy feo.

Te mando muchos besos y espero carta pronto. Feliz Navidad y feliz año, hermanita; ojalá no la pases muy triste.

13

Me llevaste a ver cerámica en un museo de Tlaquepaque, una tienda de artesanías en Morelia, piezas prehispánicas en la casa de un pintor en Oaxaca y copias de códices en un palacio de Mérida. Me enseñaste máscaras en San Luis Potosí, conchas en Mazatlán, trajes regionales en Chiapas y a los mormones y los menonitas en Chihuahua. Me llevaste a ver las alfombras de flores en Huamantla, los fuegos artificiales en Dolores, los murales en Cacaxtla, las grecas en Mitla, el mercado en Juchitán, las focas en Baja California y los minerales abandonados en Pachuca.

Me hiciste cruzar la sierra para ver el Pacífico y levantarme al alba para ver Palenque y esperar a que se pusiera el sol en Monte Albán. Me hiciste cruzar el desierto a medio día para ver fantasmas y subir a pie muchos kilómetros para ver mariposas pegadas a los árboles. Me hiciste pasear por pueblos polvosos para conocer casas derruidas y sentarme frente a montañas altísimas y a caudalosos ríos. Contigo nadé debajo de cascadas, bajé al fondo del Cañón del Sumidero, miré de cerca lechuzas y serpientes, pasé por pueblos que se llamaban "La bonita", "El retorno", "Palomas". Contigo olí la carne en los mercados, corté higos de los árboles, me metí al mar de noche, monté un caballo sin silla. Por ti aguanté muchas horas sin comer, muchas horas de películas mexicanas, muchos helados de sabores rarísimos. Por ti metí los pies en el lodo, pasé vergüenzas, oí conferencias, compré unos zapatos de piel, un día me emborraché y muchos se me fueron en llorar.

Todo lo hice por sentirte dormir pegado a mí y por amanecer contigo. Por oírte cantar, por verte recargado en una pared, por mirar tu mano al volante con el reloj en la muñeca, tu mano apoyada en la ventana quemándose al sol. Por verte pedir en un restorán y preguntar en una tienda. Por verte extender el mapa y buscar el camino. Por verte indeciso, distraído, enojado. Por verte reír con un chiste o ausentarte con un recuerdo. Por verte y sólo por verte.

Por tu sonrisa, por tu camisa aventada en la silla, por tu pelo recién cortado y tu silencio durante las ocho horas del camino a Oaxaca. Por tus dudas en Catemaco y tu disfraz en la semana de Carnaval en Veracruz. Por esa tortilla embarrada de habas que no quisiste probar, por ese exvoto que no me dejaste robar, por los libros viejos que hojeaste durante horas, por el nicho de la ventana en el que estuviste sentado para que yo te retratara, por la orilla del camino en donde te detuviste a dormir. Lo hice todo por la salsa que escurre de tu taco, por la cara que pones cuando huele feo, porque te ves tan desvalido si te duele el estómago. Por tu necedad y tus manías, por tus fantasmas, por la manera como remojas el pan dulce en el café, porque hablas al hacer el amor, porque siempre llevas tu propia toalla, porque te gusta la gente, por cómo cuentas las cosas, por cómo pelas las limas, los chícharos cocidos y las uvas y por cómo te quedas mirando el infinito. Por cómo subes las escaleras y porque te gustan los boleros. Porque te sabes el nombre de todos los santos que sufren en las iglesias y de todos los héroes que tienen estatuas y de todos los artistas que salen en las revistas y de todos los árboles que hay en los campos. Porque te enojas si no quiero comer, si hablo mucho, si cambio de perfume o me burlo de un señor. Porque insistes en que no lleve suéter, te ríes de que duerma con calcetines y de que no me quiera maquillar. Porque me enseñaste cómo canta Pedro Infante, cómo sufre Libertad Lamarque y cómo se pinta un lunar María Félix. Por eso y por todo lo demás.

8 de enero
Hermanita:

¿Cómo estás? ¿Cómo te fue de fiestas y de fin de año? Tu carta me emocionó mucho porque allí estaba dicho todo lo que yo también sentía y que a propósito no te escribí pues nuestro trato era no decirnos cosas tristes. Pero en esos momentos fue muy difícil estar separadas. Las fiestas me pusieron mal. Todo mundo andaba alterado, la ciudad se sentía de otro modo y yo tan sola aquí y tú tan sola allá.

En la oficina adornaron como siempre, ya las conoces. Yo en la casa no quise ni poner el arbolito. ¿Para qué? En Navidad cené con la familia de Tere en casa de su mamá —que te mandó muchos saludos— y en año nuevo me quedé viendo la tele y me dormí temprano. Me tocó intercambio de regalo con Ana María. Para no gastar le di uno de los discos que me regaló el guitarrista. A la colecta para el brindis no le quise entrar, pero Tere pagó mi parte para que no me vieran feo.

Hace un frío tremendo en las madrugadas. Dicen que cayó nieve en el Ajusco, ¿te imaginas? ¡Nunca he visto la nieve! Cuando vaya a Italia iremos juntas a conocerla.

Yo aquí he seguido yendo al Vips. Me gusta ver a la gente y además, nunca falta quién se me acerque a platicar. Ahora ya me cuido, no acepto sus propuestas de "irnos a algún lado", porque ya sé en lo que terminan. No creas, cuando son chavos que me gustan, pues me cuesta trabajo decir que no, pero ya estoy curada de espantos con los enredos amorosos que nunca conducen a nada bueno. ¡Y yo me enredo con mucha facilidad! Así paso mis noches, aunque no todas porque tengo tanta preocupación por el dinero que muchas veces mejor me quedo en la casa a escribir a máquina mis encargos de la oficina.

Conocí a un señor que tiene una tlapalería y cuando le conté lo tristes que estaban las plantas sin ti, se ofreció a regalarme un fertilizante. Le dio mucha risa saber que tú picabas cáscara de huevo para echársela a la tierra y que así crecían bonitas las hojas. Te cuento que a ése yo misma lo invité a la casa porque necesitaba dinero. Cometí la estupidez de mandarte todo mi sueldo y mi aguinaldo sin quedarme con nada. Es cierto que la renta estaba pagada por tres meses gracias a mi amigo el guitarrista, pero yo no tenía para comer. No creas que me sentí muy bien de hacerlo, pero le estuve pensando y no se me ocurrió otra manera. Y, bueno, pues la verdad es que por una vez no creo que sea grave y me resolvió el atolladero en el que estaba metida.

Total, que me llevé al de la tlapalería. El tipo lo hace despacito, sin prisa, sin fogosidad, sin alterarse, a su ritmo. Yo sólo le sirvo de trinchera pero a mí eso me da igual. Lo que sí estuvo un poco feo es que cuando se iba y le pedí el billete, se molestó, pero finalmente sacó la cartera. ¿Por qué será que algunas gentes tienen tanta dificultad en desembolsar un poco? ¿Por qué será que les gusta recibir pero no dar? ¿De verdad creerán que tienen derecho gratis a una mujer a la que acaban de conocer? ¿O imaginarán que ella lo hace por su linda cara? ¿No se darán cuenta de lo difícil que es tener que hacer esto? En fin, así es.

Me encanta tu decisión de dejar las paredes con su piedra original. Y si las enredaderas se quieren meter por la ventana, pues mejor; será la casa de huéspedes más hermosa del mundo, con viejas camas de latón pero colchones nuevos, con viejas paredes de piedra pero con plantas frescas, con baños adentro de los cuartos porque antes no existían y tú los tuviste que inventar y con un jardín enorme en el que podrán irse a pasear. Lástima que todo el mes se perdió para los arreglos, pero ya sabes que en diciembre se trabaja muy poco. Ojalá para cuando recibas esta carta ya estén dándole otra vez.

¿Cómo estás? ¿Piensas en mí? Te mando muchos besos. Escríbeme y si puedes, mándame fotos.

14

Porque así fue como estuve contigo, corriendo por los caminos, viviendo sin tiempo y en el puro deseo, enamorada de tu sonrisa, de tu mirada, de ti. Enamorada de ti los tres días en Puebla y el día y medio en Catemaco, enamorada mientras comíamos langostinos al mojo de ajo en Veracruz y mientras veíamos un anillo de oro en Juchitán. Enamorada mientras tomábamos café en los portales de Puebla y mientras nadábamos en la alberca helada de Matehuala. Enamorada por las enchiladas de papa con chorizo de San Luis, por las paletas heladas compradas en una "Michoacana" de ésas que hay en todas partes y por las quesadillas de Ocotlán. Enamorada por las tardes que pasamos caminando, por las fuentes vacías, por nuestros cuartos de hotel, por los amaneceres abrazados en la cama, por las caras blancas de las vírgenes y las caras morenas de la gente, por las fachadas de las iglesias y la tranquilidad de las placitas, por el sabor de un pedazo de sandía y de un refresco de manzana vertido en una bolsa de plástico.

Porque contigo aprendí a esquiar en Tequesquitengo y a sorfear en Puerto Escondido, a velear en Valle de Bravo y a bucear en Isla Mujeres, a montar a caballo en Guadalajara, apostar en Aguascalientes, jugar billar en la hacienda de los Arcos, volar un papalote en Ensenada y en paracaídas en Vallarta. Juntos fuimos a un jaripeo en Tenango, a un frontón en Acapulco, a un maratón en lancha por el río Balsas, a un maratón a pie por Yautepec, a recoger fósiles en Calixtlahuaca y tepalcates no me acuerdo dónde, a mirar desde una avioneta el café de Veracruz y las ruinas de Bonampak, a soportar el calor del desierto en Sonora y la humedad del trópico en Tabasco.

Tú me llevaste a un partido de futbol en la Bombonera de Toluca y a un mitin político en La Corregidora de Querétaro, me llevaste a carreras de caballos en Ciudad Valles y a carreras de perros en Tijuana, a una feria ganadera en Chihuahua y a la Feria del Caballo en Texcoco. Pero nada como la noche cuando me llevaste a un palenque en Puebla a oír cantar a Juan Gabriel. Nada se parecerá a esa noche intensísima, en que la gente apostaba millones de pesos a los gallos, millones de pesos a la lotería, mientras bebía tequilas, rones, wiskis, cervezas y coñac. Todo para llegar al momento único en el que los mariachis vestidos de blanco y la orquesta vestida de blanco le abrieron el camino al cantante vestido de negro y nos abrieron el corazón a nosotros. Y allí estábamos tú y yo, de pie con todo el público, cantando y bailando y gritando, felices, completos, olvidados de todo durante una, dos, tres y cuatro horas: "Te pareces tanto a mí, que no puedes engañarme".

28 de enero

Hermanita, ¿cómo estás?

Yo aquí ando, tratando de salir adelante. Oye, ¿de verdad necesitas tanto dinero? Tu última carta me dejó fría, así que de plano, cuando no me alcanza ni para mis gastos ni para mandarte todo lo que pides, pues voy al Vips a buscar a quién invitar a la casa. Allí encuentro señores de todo tipo y a veces sucede que no encuentre nada. Hay algunos que ya

63

conozco, como uno que tiene una tlapalería y que se había enojado conmigo la primera vez que nos vimos. Hay otros que me aburren, como uno que se la pasa platicando de lo maravillosas que son su esposa, su madre, sus hermanas y sus hijas (un día me quedé dormida mientras él hablaba pero no se molestó, simplemente se paró y se fue así sin más) y hay otros que me encantan, como un muchachito muy joven que me busca seguido. No tiene ni en qué caerse muerto y anda tan raído que parte el alma. Cuando no encuentro algo mejor, pues lo traigo a la casa y aprovecha para bañarse. Me da mucha ternura. ¿Sabes de qué tengo la impresión? Que la gente anda muy sola, con ganas de pasarla bien y sobre todo con ganas de hablar y que alguien escuche. Bueno, escríbeme y recibe muchos besos de tu hermana que te quiere.

15

El auto se detiene, bajamos. Son los lagos inmensos de Montebello, azules, infinitos. No hay nadie más que nosotros. Nos desnudamos y nos metemos al agua helada. Horas enteras estamos metidos en el agua fría de Montebello, mirando el paisaje, abrazándonos. La piel se arruga y nosotros permanecemos allí, sin alejarnos demasiado de la orilla.

El auto se detiene, bajamos. Son las columnas altas de Tecali, con su patio enorme y sin techo, con la hierba virgen que ha crecido por todas partes, con la soledad. Tú te sientas en un rincón y yo me acuesto, la cabeza sobre tus piernas. Miramos el cielo, escuchamos el viento que apenas si mueve alguna brizna. Durante muchas horas permanecemos así, oyendo grillos y pájaros y esperando que el sol se vaya. Estamos allí, besándonos, tocándonos, sintiendo la magia del lugar.

El auto se detiene, bajamos. Son las siete de la tarde y no hay una mesa libre en el café de los portales de Veracruz. Pedimos permiso a un hombre solo para ocupar dos lugares junto a él. Nos dice que es cantante, saca la guitarra y durante horas interpreta canciones de amor para nosotros, para ti y para mí, en esa noche caliente del trópico, caliente como nosotros, como tú y yo.

El auto se detiene, bajamos. Entramos en una tienda oscura y afuera se queda el sol deslumbrador del Real del Catorce. El dueño nos muestra piedras que ha traído de todo el mundo, piedras preciosas que ha montado en anillos, aretes, pulseras. Cada una tiene una historia larga y dulce. Un anillo de oro blanco con una piedra transparente habla de amores. Ha venido cargándolos desde tierras muy lejanas y sabemos, desde que lo vemos, que ésa es mi piedra y ése es mi anillo y empeñamos todo lo que llevamos para poderlo comprar.

El auto se detiene, bajamos. Despacio caminamos hasta la iglesia de San Juan Chamula. Discretísimos nos vamos acercando, envueltos los brazos y tapadas las cabezas, penetramos al recinto de recintos, al lugar sagrado, lugar de fieles y de feligreses, lugar de creyentes y de creídos, lugar para pedirle a Dios, siempre para pedirle. Las mujeres lloran, rezan. Los niños vagan por ahí, esperan, duermen. Los hombres tienen unas caras tristísimas. Todos están en el piso y pasan horas y horas entre las flores, las velas y los santos, horas infinitas con su fe. A Ti, Dios del cielo, a Ti te pido en este lugar por nosotros y a Ti te doy las gracias por él y por mí y por nosotros.

El auto se detiene, bajamos. Ya no hay nadie en Monte Albán. Se han ido todos menos el sol, el sol de la tarde que se recarga sobre el valle. Sentados en un extremo del gran cuadrado mágico, miramos el mundo desde el lugar donde nació. Monte Albán, lugar majestuoso, que cambia con la luz, que cambia con el tiempo. Monte Albán, lugar para adorar a los dioses y para sorprender y asombrar a los hombres, a nosotros los mortales. Tú estás en una orilla y yo en otra, pero nunca hemos estado tan cerca. Bendito seas, Señor, por haberme dado a este hombre y en este país.

La neblina cubre el camino de Córdoba, de Orizaba, de Fortín. Por Perote no se ve nada. Tú detienes el auto y sacas un libro grueso con pastas de color verde para leerme la historia de Maximiliano y Carlota. Así me leíste la de sor Juana metidos en una tina enorme de una casa de Cuernavaca, entre el agua vaporosa y recargados contra un vidrio que dejaba ver plantas muy verdes. Así me leíste la de Madero y sus creencias extrañas, echados sobre el pasto de una casa en Tlaxcala y la de Pancho Villa y sus augurios divinos echados en la cama de un hotel en Puebla. Así me hablaste de un político potosino, de un historiador michoacano, de un poeta chiapaneco, de un fotógrafo de Pachuca y de un cronista de Polotitlán. Así me hablaste de gente que conocías en San Luis y en Tabasco, en Querétaro, Guadalajara, León y Monterrey. Me llevaste a Ixcateopan para contarme de Cuauhtémoc, a Pátzcuaro para contarme de Vasco de Quiroga, a Guelatao para hablarme de Juárez, a Jiquilpan para hablarme de Cárdenas. Me enseñaste en Jerez la casa de López Velarde, en Tepic la de Nervo y en Villahermosa la de Pellicer. Y en Yucatán me contaste la historia de amor de Carrillo Puerto y La Peregrina. Conocimos un museo de Tamayo, uno de Toledo, uno de Coronel y uno de Chávez Morado. Y en todas partes había estatuas de próceres que nos miraban con sus ojos vacíos, Hidalgo en Dolores, en Torreón y en el altar de la patria de Chihuahua; Morelos en Janitzio y en el camino a Cuernavaca; Juárez en Pachuca, en Puebla y en Campeche; el Pípila en Guanajuato. Y en todas partes yo te bendije y le di las gracias al Señor.

28 de febrero
Hermana mía, perdóname:

Tu carta tiene razón, un mes ha pasado y yo sin escribir. Me dio mucho coraje no estar en la casa cuando llamaste por teléfono, ¡me hubiera gustado oír tu voz! Pero de verdad debes haber estado muy preocupada para decidirte a gastar ese dineral. Perdóname, te lo pido. Lo que pasó es que me sucedió algo tremendo, muy fuerte, tanto que me cuesta trabajo contarlo. No se trata de ninguna enfermedad, no te preocupes, ni de problemas con mis trabajos, no. Se trata de un señor.

Lo conocí también en el Vips. Yo entré como de costumbre y me fui paseando por entre las mesas, que es lo que siempre hago, para echar un ojillo y para que me vean a mí. Y en eso que lo veo. Sentado solo en la barra, con sus bigotes negros, sus espaldas anchas y su soledad. Y allí me fui a sentar y traté de llamarle la atención pero no me hizo caso. Cuando se paró para irse, yo lo seguí hasta la caja y entonces me miró, me pidió mi nota de consumo, la pagó y me llevó con él. Después de andar dos horas por carretera, con el radio a todo volumen, llegamos a un hotel. Allí me tuvo encerrada toda la noche del viernes, el día y la noche del sábado y todo el día domingo. Nunca me dijo una palabra, nunca me dejó vestirme, sólo me hizo el amor, el amor como yo ni imaginaba que se pudiera hacer. Y desde entonces no he vuelto a ser la misma ni creo que lo vuelva a ser.

Toda la semana siguiente no pude pensar en otra cosa, ni siquiera fui a trabajar. El viernes lo esperé, nerviosísima, inquieta como nunca me había sentido. Y sí, vino por mí. Y desde entonces así ha sido y no te puedo decir lo que me está pasando y lo que soy capaz de sentir. Vivo para los viernes, los demás días sólo transcurren y no me interesan. Y hasta me olvidé de escribirte a ti, hermana querida, perdóname. El tiempo se me pasó entre esperarlo, recordarlo, imaginarlo y por fin tenerlo. Te mando muchos besos y espero que estés bien. Yo por mi parte, he descubierto la vida.

16

Contigo aprendí lo que quería decir "sagrado". Aprendí a respirar, a romper los límites, a hallarle gusto a la felicidad. Aprendí a caminar, a subir, a nadar, a volar, escalar, cabalgar. Aprendí a abrazar, a besar, a lamer, a tocar. Aprendí a pedir y aprendí a esperar. Contigo viví en un encanto místico, en un milagro.

¿Ya tenían nombre mis partes, mis huecos, mis curvas, mis rugosidades, mis lisuras, mis valles? ¿Ya teníamos nombre o nos lo pusiste tú? ¿De qué color es mi piel del otro lado, tú que la volteaste una y otra vez? ¿Dónde empieza y dónde acaba todo, cuándo es oscuro y cuándo tiene luz, cuándo está húmedo o duro, cuándo es seco o suave, a qué sabe mi cuerpo, qué se siente estar en mí? ¿Sabes reconocer la alegría de mis escondites cuando los encuentras tú? ¿Distingues los sabores y los olores antes y después de ti? Tú que todo lo sabes, tú que todo lo has visto, tú que en todas partes te has metido, tú.

Afuera hace mucho frío, las manos se vuelven de hierro y en la ventana hay escarcha. En el cuarto hay un calentador pequeño. Tú me abrazas, me hablas al oído, nos dormimos envueltos en los periódicos que acabamos de leer. Cuántos periódicos leímos. Todos los domingos me arrastrabas temprano a buscar un puesto donde comprar los de la capital y los de la región y además todas las revistas, folletos y volantes que veías. Todo leíamos, de todo nos enterábamos, de los políticos y los artistas, de la policía y los estudiantes, del cine y las telenovelas, de los libros.

Afuera hace mucho calor. El cuerpo se derrite, sudan las manos y duele la cabeza. En el cuarto hay un ventilador que refresca. Tú me abrazas y prendes la televisión. Nos dormimos con una película de Pedro Infante, con diez películas de Pedro Armendáriz, con cien películas del Indio Fernández, de Jorge Negrete, de Arturo de Córdova, de María Félix, Dolores del Río, Libertad Lamarque, Sara García, los Soler. Cuántas películas vimos. Todos los sábados me arrastrabas temprano de regreso al cuarto para buscar en un canal de televisión el campo mexicano, el cielo, los caballos, los hombres de sombrero y las mujeres bonitas. Vimos historias de amor y de la Revolución, historias de madres que sufrían y lo contaban cantando, de amigos que se traicionaban y se vengaban matando, de presas que no se podían construir, de maestros muy luchadores.

Afuera llueve mucho. Es tanta la humedad dentro del cuarto que no deja prender la chimenea. Envueltos en toda nuestra ropa, nos metemos en la cama a oír programas de radio y a ver telenovelas. Cuántas horas pasamos oyendo el radio y viendo la televisión. Nos reímos con los concursos, tarareamos las canciones viejas y las de moda, nos burlamos de las cartas en las que las gentes pedían ayuda, nos aprendimos los comerciales, seguimos los enredos complicadísimos de enamorados que se separaban, de padres malvados, amigas traidoras y sirvientes mentirosos, que sucedían siempre en casas muy ricas y con personajes muy bien vestidos.

Contigo aprendí a leer los periódicos, a amar las películas de cine, a ver la televisión y a oír el radio. Pero lo que más te agradeceré siempre es que no te burlaste cuando me compré las revistas con historias de amor. Semana tras semana gocé y lloré con "María Isabel", con "Yesenia", con la japonesita y con tantas otras mujeres que pobres y solas en el mundo, lograron salir adelante gracias a su belleza y su honestidad.

28 de marzo
Hermanita, hola: ¿cómo andas?

Yo aquí estoy, tratando de salir del espasmo en que me dejó el señor que conocí. Ya nunca seré la misma porque sólo vivo para esperar los fines de semana. Ahora soy dos personas, una que trabaja y una que vuela, una que existe en la tierra de lunes a jueves y otra que se instala en el paraíso de viernes a domingo. Y soy como el mes de marzo, una que está llena de polvo y otra que es un papalote.

Me tardé en escribirte porque ando muy ocupada. Y es que la cosa en el Vips marcha. Se me acerca mucha gente y casi siempre traen dinero. Además, o las meseras no se dan cuenta o se hacen, pero hasta ahora nadie me ha dicho nada de que llegue todas las noches y me entretenga con un café ocupando una mesa y luego salga acompañada por señores diferentes cada vez. Mientras eso dure, lo aprovecharé. La cosa es cada vez más fácil. Llego, me siento y al ratito ya se me acerca alguno y después de las preguntas de rigor —que siempre son las mismas— y de las bromas típicas, lo invito a irse conmigo. Claro que eso nunca lo digo de manera directa sino que les invento que me tengo que ir y que mi hermana no vino por mí o que si me podrían dar un aventón al sitio de taxis para tomar uno que me lleve a mi casa. Y entonces ellos se ofrecen a llevarme hasta allá, no faltaba más señorita y bueno, pues en el camino se va armando todo. Y si al llegar todavía no se arma, pues los invito a pasar dizque para darles las gracias por el aventón.

Lo más difícil siempre es decirles que deben pagar. Cuando les pregunto que si gustan quedarse un rato y me dicen que sí, y entonces les aviso que en ese caso tendrían que poner en esa canastita unos cuantos billetes de tanto, ponen cara de sorprendidos pero ya para entonces están tan enredados que difícilmente podrían enfriarse y salir.

Algunos me dicen que no traen dinero y entonces yo les sonrío dulcemente y los acompaño a la puerta. Unas veces eso pega y regresan y me lo dan. Otras veces, de plano se van. Pero casi siempre vuelven. Lo malo de que vengan sin dinero es que pierdo la noche. Tendría que idear un sistema para decirles desde antes la cuestión de los pesos y así evitar tanto tiempo perdido.

Algunos me han preguntado si acepto tarjeta de crédito (¡imagínate!) y otros que si cheques (dos veces me han devuelto papelitos sin fondos, así que ya sólo acepto efectivo contante y sonante) o que si hay descuento porque no les alcanza (eso depende de cómo me caen y de cuánto es la rebaja que quieren) o que si me pueden pasar a pagar mañana (eso no está tan mal porque los señores de este tipo invariablemente regresan, por lo menos una vez más y entonces con el pretexto de que me venían a pagar, caen otra vez).

Y te voy a decir una cosa. Lo que me gusta es que yo no hago nada. Ellos se acercan, ellos se sientan a mi lado, ellos se obligan a platicar, hacen un esfuerzo enorme por ser simpáticos y en lo otro son moderados, hasta tímidos te diría y siempre se tienen que ir a sus casas temprano. Cuando son jóvenes de esos que andan medio desarrapados, la cosa cambia un poco porque no tienen prisa por irse, al contrario, les fascina la desvelada. Entonces en lugar de oír de su linda familia y de su odiosa oficina, te hablan de música y de filosofía o de los pobres de este país o de lo famosos que van a ser dentro de poco y de lo mal que está aquí la televisión.

En fin, que como ves estoy aprendiendo mucho en mis noches y me divierto, además de los pesos que me gano y que estoy juntando para mandarte. ¿Y sabes qué es lo mejor? ¡Que ya no hago ese horrible trabajo de oficina que me traía a la casa para acompletar! Así como lo oyes, ya no necesito eso, estoy ganando más con los señores que atiendo. ¿Qué te parece? ¿Verdad que está bien así?

¿Cómo vas tú? Por lo que cuentas, las reparaciones de nuestra casita están casi listas. ¡Qué bueno porque ha pasado mucho tiempo! Quisiera ya estar allá. Escríbeme todo con detalles y recibe mis besos y mi extrañamiento.

P.D. Carolina tuvo una niña. Me enteré de casualidad porque estoy muy desligada de todo mundo. Pero claro, me lo contaron con todo el chisme alrededor, porque la criatura nació a poco menos de seis meses de que se casaron y entonces, imagínate... La gente es muy metiche.

17

¿Tienes idea de cuántas iglesias recorrimos? ¿De cuántos mercados, calles, zócalos, hoteles, parques, restoranes, carreteras, tiendas, heladerías, conventos, bosques, soles, noches, lluvias, sueños?

¿Te acuerdas de todas las calles por las que caminamos?

Las calles anchas en Monterrey y Guadalajara, las callejuelas empedradas en San Miguel de Allende y en Taxco, las adoquinadas en Querétaro, los andadores en Puebla y en León, las empinadas en

Pátzcuaro. Caminamos por baldosas, por tierra, por pavimento y por lodo. Caminamos en Quiroga, en Erongarícuaro, en Tlalpujahua, en Sultepec y en El Oro con sus edificios de tipo francés, en Morelia con el verdor de sus árboles, en Tehuantepec con sus palmeras y en muchas calles adornadas con banderitas de colores.

¿Te acuerdas de todas las casas que vimos?

Casas de tierra, de adobe, de ladrillo, de lámina, de tabique, madera, cemento, piedra, cantera. Con techos de teja, de paja, de palma, de lámina, maguey, zacate, concreto. Con paredes y bardas de órganos, de tronco, de vara, de lodo, carrizo, sotol y piedra. Y en todas partes había macetas o latas vacías sembradas de geranios. Y en todas partes altares llenos de fotos, de imágenes, de adornos y veladoras.

¿Dónde vimos techos de tejamanil y dónde techos amarrados con cuero? ¿Eran los mijes que tenían las casas tan chaparritas que se arrastraban para entrar? ¿Eran los chontales que tenían casas con techos de palma y los mayas que tenían casas tan blancas? ¿Era en Puebla donde todos los patios tenían fuentes en medio, Zacatecas donde tenían pozos en medio, Mérida donde había una calle bordeada de palacios lujosos con terrazas enormes y puertas preciosas?

¿Te acuerdas de la barda de órganos enfrente de la iglesia de Mitla y de las puntas de maguey que asomaban detrás de una barda de varas secas en ese mismo lugar y de las bardas de nopal por las que no pasaban ni las víboras? ¿Te acuerdas de las paredes de adobe en las calles angostísimas de Tepoztlán y de las paredes cubiertas de hiedra y bugambilia en Cuernavaca y de los techos de maguey en el Mezquital y los techos de tejas rojas en Pátzcuaro? ¿Te acuerdas de la casa con azulejos en Villahermosa y de la casa con hierro forjado en el centro de Chihuahua? ¿Te acuerdas de las casitas blancas en Yucatán y de las casas de madera delgada y oscura en Michoacán y las casas con cortinas de colores en lugar de puertas en Acapulco? ¿Te acuerdas tú de todo como me acuerdo yo?

20 de abril
Hermanita mía:

Gracias por tu telegrama. ¡Cumplí años! Esta vez no sentí tristeza ni alegría aunque es la primera vez que no estás conmigo para festejar. La verdad hasta te diría que me dio igual. Y es que ando muy inquieta, llena de dudas y sin dormir bien. Sueño con mamá, con la abuela Rita, con la nana. Creo que no tengo la conciencia tranquila. Mi nuevo modo de ganar dinero no le gustaría a ninguna de ellas. Y tampoco a nadie en la oficina, si se llegaran a enterar. Creo que sólo la tía Greta comprendería. En fin, no sé qué pensar.

Te respondo a tu pregunta sobre mi trabajo. A mí me da tranquilidad recoger a los señores en el Vips porque a ese lugar va pura gente decente y con dinero y me gusta llevarlos a la casa porque allí me siento bien y segura, además de que nadie me puede encontrar. Gerardo está tan pendiente de mí, que al menor problema yo grito y él viene corriendo y me salva. El otro día hice la prueba. Me puse a gritar, ni siquiera todo lo fuerte que da mi voz y en menos que te lo cuento ya estaba tocando la puerta. Es un buen muchacho, un excelente vecino y un pobre enamorado de mí. Como no le abrí —y eso lo hice a propósito para ver qué pasaba— de una patada empujo y entró. Entonces yo le dije que me había quemado con aceite del sartén y que por eso había gritado y él sin indagar siquiera, corrió a traer mantequilla y me la untó. Le di muchas veces las gracias y le repetí que yo lo quería mucho y que saber que andaba cerca me hacía sentir menos sola. Así que se fue muy contento y yo sé que si vuelvo a gritar, otra vez va a venir. Él mismo volvió a colocar la puerta en su lugar.

¿Te da esto más tranquilidad? Ojalá. La verdad es que yo también tengo miedo, no creas. A veces pienso que es muy arriesgado traer a la casa a señores que ni conozco, pero cuando hago cuentas del dinero que gano, se me olvidan los miedos. Y luego también me suceden cosas divertidas. La otra noche conocí a uno que cuando llegamos se desvistió, llenó la tina del baño y se lavó la cara, las manos y los pies y me hizo a mí lavarme igual. Después desenvolvió cuidadosamente una enorme bata de color gris con rayas delgadas y se la puso. Luego sacó una olla de color dorado, que tenía pegada una manguera larga y una pipa hasta el final. Se puso a fumarla y me convidó. ¡Ay, hermanita, no sabes lo que es eso! Un humito que me llevó al paraíso. Veía yo lucecitas de colores, sentía todo muy grande y muy despacio y no podía ni moverme. Fue increíble.

Bueno, escríbeme y reza para que tu hermana recupere la paz de su conciencia y pueda dormir sin ver tantas visiones ni oír tantos reclamos.

Por cierto, me corté le pelo chiquitito como me gusta y que tú nunca me dejabas. Te lo cuento porque en el salón me encontré a tu tocaya y se enojó muchísimo al ver lo que hice y me dijo que te lo iba a escribir para que te enfurezcas. Está embarazadísima, muy muy gorda. Yo no la había visto desde el día de su boda.

18

¿Y las plazas? ¿Te acuerdas de todas las plazas? Estuvimos sentados en la placita del templo del mineral de Cata y en la plaza enorme del centro de Monterrey. Anduvimos por las placitas de Querétaro llenas de restoranes en los que se toma cerveza y en la plaza desnuda de Cholula. Caminamos por las cuatro plazas que rodean la catedral de Guadalajara y por la placita con muchos árboles de Coatepec. Nos sentamos en la gran plaza de Tehuacán, en las dos plazas de Cuernavaca, en la placita de Purísima, en la llena de indígenas de Ixmiquilpan y la llena de turistas de Oaxaca. Nos retratamos en la plaza vacía con un solo árbol de raíces retorcidas de Coyotepec y en el enorme Zócalo de Puebla, lleno de niños.

Y los quioscos. En medio de las plazas había quioscos de piedra, de fierro, de azulejos. Recuerdo el de Guadalajara, de Oaxaca, el de Teotihuacan, Morelia, Jalapa, Celaya. Recuerdo el quiosco solitario de Real del Catorce, el de Álamos con su encaje de hierro, el de San Nicolás con sus cariátides, el de Santa Clara hecho de cobre, los de Jerez, Guaymas y Purísima.

Y las fuentes. Me acuerdo de la de Pátzcuaro donde nació el agua por un golpe de la vara del Tata Vasco, de la de Chiapa de Corzo que parece una corona, de la de Tochimilco desde donde casi se toca el Popocatépetl.

Y los parques y jardines. Cuántas veces caminamos por La Venta en Tabasco, húmedo y fresco, por los Borda en Cuernavaca, tan dejados de la mano del hombre y con sus árboles cargados de mangos, por el Lerdo de Tejada en Chihuahua, Santa Lucía en Mérida, Tomatán en Ciudad Victoria, San Marcos en Aguascalientes, el España en Monterrey, el Juárez en Querétaro, San Francisco en Guadalajara, Zaragoza en Ciudad del Carmen, Unión en Guanajuato. Me acuerdo del parque de Uruapan con sus caídas de agua, del Guadiana en Durango con sus árboles añosos, del Cuautitlán-Izcalli con sus esculturas flacas, de la huerta del convento de Tepotzotlán, del jardincito afuera de la iglesia de Jiutepec y del jardín que rodea al museo de antropología en Jalapa. Y en todas partes había bancas para sentarse, faroles de vidrio, niños jugando, jóvenes besándose, perros sin dueño y viejos solitarios.

¿Y las escaleras? ¿Te acuerdas de todas las escaleras que subimos?

Las del palacio de gobierno en Morelia, las de la pirámide del sol en Teotihuacan, las de la Universidad de Guanajuato, las anchas de la alhóndiga de Granaditas y las angostas del templo de Palenque, las empinadas en Uxmal y las infinitas en el cerro del Cubilete y en la Quebrada de Acapulco. ¿Dónde vimos escaleras hechas con tronco y escaleras excavadas en la tierra? ¿En cuáles escaleras fue que te dio por hacer el amor?

¿Y los arcos? ¿Te acuerdas de todos los arcos?

Los del acueducto de cantera rosa en Querétaro, los de Zacatecas, Etla, Morelia y Acatzingo. Me acuerdo de los tres pisos de los arcos del Sitio y de los de Guelatao, anchos y sólidos pero que dan a la nada. Me acuerdo de los arcos de Izamal que son muchos, de los del convento de Amecameca y de los de Tlacotalpan que son de colores. Me acuerdo del arco de piedra en San Rafael, el arco triunfal de León, el arco labrado sobre el escenario del teatro de Torreón, el arco natural en un lago de Chiapas, allí donde el mundo termina, el arco natural en el mar embravecido de Baja California donde el universo tiene su origen, el arco de Uxmal donde nosotros tenemos nuestro principio y el de la iglesia de San Agustín donde este país tiene su modo de empezar. Y por todas partes los arcos de los portales: en Veracruz, en Oaxaca, en Puebla, en Jerez, en

Toluca, con sus tiendas, sus cafés, sus pisos de piedra o de mármol. Y por todas partes los arcos de sotol para las fiestas de los muertos y los arcos de flores para las fiestas de los vivos. ¿Dónde están los ciento veintiséis arcos que me dijiste que iban de Zempoala a Otumba? ¿Dónde los arcos de Cancún y de Vallarta sentados en el mar, los de Amecameca que ven los volcanes?

Me acuerdo también de las cúpulas: las rojas de Cholula, las de colores de Jalpan, las del palacio Clavijero en Morelia. Y de los vitrales: los de una iglesia en Monterrey, los de Ciudad del Carmen, los de la Piedad. Y de los túneles: en Real del Catorce, en Guanajuato, en el ferrocarril Chihuahua-Pacífico, en la nueva carretera a Toluca. Y de los puentes: todos los de la ciudad de Orizaba, que son muchos, el colgante de Bolaños, el larguísimo sobre una barranca profunda en la Tarahumara, el que cruza sobre el río Tula, el de mampostería del río San Juan, el de Torreón, los naturales sobre el río Atoyac, sobre Molcajac, sobre Coatzacoalcos. El puente de piedra de Ixmiquilpan, el de hierro de Molino de Flores y uno muy moderno que cruza hasta otro país. Me acuerdo de todo, de todos los lugares que juntos recorrimos. Y me acuerdo de que en todos hicimos el amor.

18 de mayo

Hermanita querida, queridísima, adorada:

Ayer lloré toda la tarde, no lo podía creer. Las fotos que mandaste son maravillosas. ¡Por fin nuestra casa italiana! Nuestra casa, mi cuarto, tu cuarto, la sala, la cocina. ¡Pero sobre todo ese jardín! Te agradezco tanto ese regalo; me sentí tan feliz. Ahora sí, todo está listo, tal y como lo soñamos. Pero al mismo tiempo me entró una enorme desesperación de no estar allá. Quisiera que no hiciera falta más dinero, poderme ir a alcanzarte. ¡Ay, hermana, hermana mía, duérmete a veces en mi cuarto para darle calor y que cuando yo llegue no se sienta muy frío ni muy vacío!

Qué bueno que tendremos algo alegre que recordar en este mes porque mayo siempre es muy triste. El cumpleaños de mamá y de papá, el Día de las Madres y hasta el Día del Maestro. ¿Te acuerdas de las pantuflas que le tejimos a todas las mujeres de esta casa, incluida la nana, y que después nos peleamos para ver las de quién eran para mamá? ¿Y te acuerdas de los costureros de madera pintada que le hicimos a la abuela Rita y a la tía Greta? ¿Te acuerdas de los pasteles que nos mandaban para la Miss pero que nunca llegaban a su destino porque yo me los comía? ¡Qué tragona que he sido siempre! Y tú, cómo me chantajeabas para no contarle a mamá la verdad cuando preguntaba "¿Le gustó a la maestra su pastel?"

Como verás, ando sentimental. Creo que ya te lo había escrito. Sueño con todos, siento como si algo les debiera, como si me reprocharan cosas. No tengo la conciencia tranquila.

Estoy de acuerdo contigo en que compres esos muebles que dices para la sala. Lo que no me gusta es el comedor que según cuentas es demasiado ligero y a mí me gustan las cosas más pesadas, más densas, con más calor de hogar. Ojalá consiguieras otra cosa.

Hoy mandé el giro así que en unos días lo podrás recoger. Espero que te alcance para sacar todos los permisos y todas las licencias y echar a andar la casa. Pronto te mandaré para la loza, las toallas y las sábanas. Estoy trabajando lo más que puedo para juntar rápido lo que hace falta.

Eso que me preguntas de si poner un anuncio en los periódicos para conseguir a los huéspedes es algo que no sé. Sería cosa de preguntar a la gente de allá qué es lo que recomiendan, si correr la voz o anunciarse. De todos modos, ten mucho cuidado y sólo elige gente con las mejores recomendaciones. Me alegra que la señora Genoveva esté tan dispuesta a ayudarte, porque si como dices todo el pueblo la conoce, pues será la mejor garantía para ti. Ya sé que te molesta eso de que te quiera adoptar como hija, pero no es tan terrible dejarse un poco si eso te va a beneficiar.

La otra noche llegué al Vips y el gerente se me acercó y me dijo que a él no le importaba que yo saque de allí a mis clientes pero que él quería su comisión. ¿Te imaginas lo que sentí? Me dio mucha vergüenza, ¿cómo se habrá enterado? Total que se la tuve que pagar. La dichosa comisión duró diez minutos y fue en su baño particular que estaba tan chiquito que no cabíamos más que de pie. Pero no estuvo tan mal. El señor olía a la loción nueva que anuncian en la tele y que nos gustó tanto cuando nos regalaron esa muestra, ¿te acuerdas? Así que me concentré en el olor y olvidé lo demás. Y a los quince minutos estaba yo muy sentada en mi mesa como de costumbre y ni quién se hubiera dado cuenta.

Pero, ¿sabes lo que aprendí gracias al dichoso gerente? Pues que puedo tener dos señores en una misma noche. Hasta ahora podía yo dar dos servicios a la misma persona, pero nunca había experimentado con dos personas diferentes. Así que en adelante, trataré de aprovechar ese aprendizaje.

Estoy trabajando mucho, pero el resultado económico es bueno así que pronto podré alcanzarte. Te mando mil besos desde estas lejanas tierras, te felicito por nuestra hermosa casita de huéspedes y espero con ansia tus cartas.

P.D. Conocí a un hombre idéntico a Daniel; no lo creerías. Hasta el mismo corte de pelo, los mismos moditos para moverse y la chamarra de piel. Me costó trabajo estar con él porque era como robarle el novio a mi propia hermana. Y ya de por sí con los reproches de toda la familia que traigo en los sueños, pues ¡imagínate! Pero de todos modos no pienso volver a verlo porque no tienes idea de lo violento y grosero que fue conmigo. Di gracias al cielo cuando por fin se fue.

19

Porque tú me llevaste por ruinas prehispánicas y por edificios coloniales, por construcciones del siglo pasado y de este siglo también. Y siempre decías que yo tenía que conocer el espíritu de este país. Primero me enseñaste Teotihuacan y dijiste que ésa era una ciudad para que el hombre se transformara en Dios. Después fue Palenque, y dijiste que era una ciudad para los humanos y por fin fue Malinalco, excavada en la roca viva, donde dijiste que vivían los dioses y moraba el sol. Y yo te creí, todo te creí. Vimos Xochicalco, los trescientos sesenta y cinco nichos de Tajín, la pirámide votiva de Chicomoztoc, las ruinas agrestes de Chicaná, las amarillas de Paquimé y de Mitla y las que están junto al mar en Tulúm. Fuimos a Río Bec, a Sayil, a Tenayuca, a Yaxchilán que se quiere parecer a Bonampak y a Comalcalco que se quiere parecer a Monte Albán aunque Monte Albán no se parece a nada porque es el ombligo del mundo, el lugar más sagrado donde conviven en armonía los dioses, los hombres y la naturaleza y donde la luz del sol cayendo sobre ese espacio me hizo comulgar.

Vimos los arcos de Kabah y Labná, el laberinto de Yagul, el muro de piedritas del palacio del adivino en Uxmal, la serpiente de luz que baja por la pirámide de Chichén-Itzá, las cabezas enormes con labios muy anchos en La Venta y montones de tlaloques, chacmoles, serpientes, pirámides y palacios, grecas, relieves y nichos, explanadas, calzadas,

observatorios, juegos de pelota, adoratorios, talu-
des, escalinatas y arcos porque ése, dijiste, era el espíritu de los indios de este país.

6 de julio

Hermanita adoradísima:

¡Cómo se me pasa el tiempo! Ni cuenta me
di de que no te había escrito hasta que recibí tu
carta contando la inauguración de la casa, nuestra
casa de huéspedes a la orilla del mar y en Europa,
nuestro sueño. Me encantó el letrero colgado entre
las hiedras y la dueña parada allí, invitando a los
inquilinos a llegar. Pero ten mucho cuidado al se-
leccionarlos porque ésa es la clave del éxito. Dile a
doña Genoveva que te ayude; ella conoce bien a sus
paisanos.

Para que veas que no pierdo el tiempo y que
trabajo mucho, te mando este giro bastante más alto
que el anterior y te anexo una lista detallada de las
habilidades de los galanes levantados, responsables
del sustancial aumento en mi contribución: he conocido a uno que se emborracha con vino hecho
por su mamá, a uno que sabe dónde se come el mejor
pipián, a uno que tiene el secreto para hacer hijas
mujeres, al que escribe ensayos históricos sobre la
China antigua, al que organiza huelgas estudianti-
les, el que sabe llenar formas para impuestos, el que
prepara buen café, el que entiende de política nacional, el dueño de una agencia de viajes, el
camarógrafo de televisión, el periodista de sociales

y por supuesto un montón de poetas porque creo que ésa es la especie que más abunda en el mundo o por lo menos en el Vips. Conocí a un distribuidor de televisiones, al encargado de una tienda de lámparas en la calle de Victoria y al que consigue piezas para coches en la calle de Abraham González, al dueño de una tienda de fotografía en Coyoacán y a uno que trae fayuca del otro lado. Me ha tocado un compositor de música, un pianista que estudió en Varsovia, un editor de libros y un ilustrador de revistas. Me he ido con uno que hace guiones para cine y uno que produce telenovelas. También con un gerente de la Volkswagen y con el jefe de mecánicos de un taller de la misma marca. Por mí han pasado los cajeros de dos bancos, el encargado de vender los cheques de viajero y también un gerente de sucursal. He conocido al dueño de una relojería y al encargado de valuar los anillos de una joyería. Me fui con el vigilante de unas ruinas del sureste y con el jefe del proyecto de excavación de los Tuxtlas. Estuve con el director del museo de arte moderno y con el que se encarga de montar las exposiciones en una galería privada de la zona rosa. El director de la plana editorial del periódico de más circulación quedó tan contento que me presentó al reportero de la sección cultural y el jefe de meseros del mismo Vips me presentó al dueño de una pastelería de Polanco. Como ves, tomo de todo, no soy muy exigente. Que se vean limpios y ya. Me da igual si son neuróticos o azotados, me da igual si beben cubas o si me recitan poemas. Lo único que detesto es que sean encimosos. Me da igual si son flacos pero me gustan más panzoncitos, que se vean hombres de verdad, que haya algo que abrazar. No soporto a los infatuados, a los racistas, a los sabelotodo, a los que cuentan chistes pelados ni a los que usan tenis, pero me da igual si su ropa está vieja, si les gusta más el rock que la música clásica o si son marxistas y revolucionarios.

Bueno, me despido. Pon mucho ojo para conseguir a los huéspedes; no desesperes, hazlo con cuidado y escríbeme.

P.D. Me robaron la medallita de mi graduación. No me di cuenta quién se la llevó. Eso me pasa porque no me la quise colgar, ya sabes que eso me choca, pero la tenía en la mesita junto a la cama para que me diera protección. Me dolió mucho, malditos clientes, era una cosa que tenía años conmigo y estaba llena de recuerdos.

20

Me llevaste a lo que dijiste que era el espíritu religioso de este país. Conventos de gruesos muros y patios abiertos que miraban al cielo, techos de vigas pesadas, claustros enormes, capillas, atrios, celdas, bóvedas, arcadas y contrafuertes. ¡Cómo se oían nuestros pasos contra las baldosas, cómo se oía el viento entre los árboles, el agua en las fuentes!

Me acuerdo de Acolman, Tlayacapan, Epazo-
yucan, Yecapixtla y Cuitzeo. Me acuerdo de Acámbaro,
Alfajayucan, Tlalmanalco, Teposcolula y Atlihuetzía.
Me acuerdo de Tepotzotlán con sus pinturas viejas
y oscuras en marcos dorados, de Cuilapan con su
valle alrededor, de Yuriria con sus techos de nervios
alargados, de Tochimilco con sus ventanas adornadas, de Naranja con sus pinturas en el techo, de
Actopan con sus frescos de monjes y de Ixmiquilpan
con sus frescos de guerreros águilas y tigres.

Me llevaste a haciendas que conservaban mur-
mullos de otros tiempos y en las que el sol del medio día caía a plomo y sin piedad. Fuimos a Jaral de
Berrio, a Troncoso, a Jalpa de Cánovas, lugar de nueces, a Peotillos con su noria, a San Diego con sus
jardines interiores, a Tecajete tan bien conservada,
a las de Apan que fueron tan ricas y a las de Jalisco
que lo siguen siendo.

Y me llevaste a iglesias, porque allí decías que
estaba el espíritu mestizo de México. ¿Cuántas iglesias, basílicas, catedrales y parroquias recorrimos?
¿Cuántas naves, sacristías, capillas y altares?

Me acuerdo del oro en el Rosario de Puebla,
del oro en Santo Domingo de Oaxaca y del oro de
Tepotzotlán de México, lugares que me dejaban sin
aliento y me hacían creer en la inmensidad del Señor, en Su reino absoluto.

A Santa Prisca la estuvimos mirando de frente mientras comíamos en el segundo piso de un
restorán y a La Valenciana mientras esperábamos
sentados en la placita de afuera a que bajara el sol.

Me llevaste a La Compañía en Guanajuato, a San Agustín en Salamanca, a la catedral de Mérida que dijiste que era la más vieja de todas, a la Catedral de Zacatecas que dijiste que era la más labrada de todas, al Templo de la Cruz del Zacate en Tepic, a la Parroquia de Irapuato, a la Merced en Atlixco, la Soledad en Oaxaca, San Miguel Arcángel en Ixmiquilpan, el Carmen en Celaya.

Me enseñaste una iglesia construida especialmente para gente de piel morena en Campeche y una de fierro que hizo un francés en Santa Rosalía. Me enseñaste la Catedral a medio construir de Zamora, el Templo Expiatorio a medio construir de León, la parroquia de Perote con una sola torre y hasta una iglesia moderna en Petatlán y una de capilla abierta en Palmiras.

Vimos Tlalpujahua con sus santos afuera y sus colores adentro, Cholula con sus colores pastel y todas las iglesias adornadas por los indios en Tolantongo, en Chiconcuac, en la Chontalpa, llenas de colores, animales, flores, querubines, pájaros y santos. Pero ninguna como Tonanzintla, la más bonita, toda frescura y dulce amor a Dios.

Me acuerdo de las iglesitas perdidas por los caminos, paradas con todo su garbo a pesar de su tamañito. Una blanca por Santa María del Tule, otra blanca en el camino a Valle de Bravo, una azul cerca de un bosque, una de madera en otro lugar.

¿Dónde están las trescientas sesenta y cinco iglesias que me prometiste en Cholula? ¿Dónde vimos una con techo estrellado? ¿Y dónde esos santos descabezados y esa capilla de espejos?

Me acuerdo de la fachada de la iglesia del Carmen en San Luis y del interior de la de Guadalupe en Aguascalientes. Me acuerdo de la cantera rosa en Colotlán, la cantera y el azulejo de la catedral de Morelia, el azulejo y el barro en San Francisco Acatepec, las torres de azulejos en la catedral de Guadalajara, la cúpula de azulejos en el Templo de la Purísima en Magdalena, el azulejo amarillo en la Piedad y la cúpula de loseta vidriada en Tala. Me acuerdo de la portada de piedra de Santa María Jolalpan, de la incrustada de conchas en Zacapu y también me acuerdo del techo de Tupátaro que es lo mismo que el infierno de verdad.

Me acuerdo de la capilla de Aranzazú, de la capilla en el atrio de Teposcolula, de las capillas posas en Calpan, de la capilla tallada en la roca en Molino de Flores, de la capillita de Atlahuacán, la de Tlalmanalco y la de conchas de Uruapan.

Me acuerdo de la cruz atrial de San Francisco, y de las cruces de piedra labrada en Maní, en Coyotepec, en Cuautitlán y en Jocotitlán.

Me acuerdo del campanario de Oxkutzcab, del de madera en Guerrero Negro, de la campana de Los Mochis, de la campana muda de Arandas y de tantas campanas que tocaban llamando a fiestas, a rezos, a vivos y a muertos. Me acuerdo de los altares de Huichapan, el de mármol en Comitán y el de plata de la Virgen de los Dolores en Acatzingo.

Me acuerdo de los retablos de Huejotzingo, de San Felipe Neri, de Yanhuitlan, de Apan, de Santa Clara y de Tonalá. Mucho me acuerdo del de madera natural de Tepanco y del cóncavo en Villa de Palmitas. Y mucho me acuerdo del de Santo Domingo en Oaxaca, del de Santo Domingo en Zacatecas y el de Santo Domingo en San Cristóbal. Y me acuerdo también de un relieve de Juan Diego recibiendo flores de la Virgen en Cupilco y del púlpito de La Valenciana, el de hierro forjado de Tlacolula, el de oro de la catedral de Saltillo, el de ébano y plata de Santa Rosa. Me acuerdo de la pila bautismal de San Nicolás Tolentino, de la labrada de Teoloyucan, la de Tecali y la de Tzintzuntzan donde bautizaron a miles de indios. De todas esas piezas maravillosas me acuerdo y de muchas más: un camarín para la Virgen en El Carmen, un barandal de plata en Tlacolula, unas rejas de hierro forjado en Santa Clara de Querétaro y otras en San Felipe de los herreros, unas sillas del coro en Chalma, unas puertas de cuero de la Catedral de Morelia, un sagrario de plata repujada en Tila y unos candelabros en la catedral de Veracruz. De todo me acuerdo, de todo. Porque iba contigo, porque contigo conocí el espíritu religioso de este país.

28 de julio

¡Qué carta tan terrible la tuya! Me enojó y me lastimó muchísimo. A un año apenas de haberte ido ya me tratas así. Un año en que yo he trabajado para mantenerte allá, porque tú no has ganado ni un quinto. Un año en que mientras tú vives feliz junto al mar, conociendo lugares y gente, yo no duermo en las noches y además trabajo todo el día en una oficina, todo para ganar dinero para mandarte a ti.

¿Qué derecho tienes para hablarme de ese modo? ¿Por qué te aprovechas de que yo misma te conté de mis dudas y mis intranquilidades de conciencia y mis sueños con mamá? Me ofendiste con eso que llamas tu "decisión de ser sincera por mi propia conciencia y por el recuerdo de mis padres". Tres veces dices que mi trabajo "tiene un nombre muy claro" y las tres veces pusiste ese nombre con mayúsculas. ¿Te das cuenta de que gracias a mi trabajo que tanto te avergüenza hemos podido cumplir nuestros sueño? ¿Te das cuenta de que sin eso nunca hubiéramos salido adelante? ¿Crees que escribiendo a máquina en las noches podría ganar tanto como lo que me pides a cada rato?

Hasta aquí llego contigo. No puedo tolerar tus insultos y no quiero saber más de ti. En adelante arréglatelas como puedas.

1º de agosto

No pude ir al correo porque se cruzó el fin de semana y eso me dio tiempo para pensar. Por eso te agrego unas palabras. Desde que recibí tu carta, es como si oyera tus reproches. Veo tu cara diciéndomelos, gritándolos en voz alta. Ya no sólo sueño con mamá en las noches sino que también te oigo a ti de día, todo el tiempo.

Eres injusta conmigo, pero tengo que reconocer que me llegó muy hondo lo que dices, porque yo misma no sé cómo me fui metiendo en esto. Ni cuenta me di, simplemente pasó y como era una forma fácil y agradable de ganar dinero, pues seguí. Hace un tiempo que empecé a pensar que estaba mal y hasta quise dejarlo, pero conforme me pedías más dinero, yo me olvidaba de todo y seguía adelante. Por esto tú eres la última persona en el mundo que debería reprochármelo, primero, porque te has beneficiado y segundo, porque eres la única familia que tengo y deberías apoyarme siempre. ¿De dónde quieres que saque el dinero que te mando? Ni aunque trabajara tres turnos de oficina, sin dormir nunca, podría ganarlo y tú bien lo sabes. ¿Quieres de verdad que yo algún día me vaya para allá? ¿O prefieres que envejezca aquí sin poder nunca tener lo que nos falta?

Además, lo que me calma un poco es que cuando esto termine y yo me vaya a Italia, nadie sabrá nada de mí y empezaré una vida nueva. Por favor, tienes que comprenderme. Adiós.

1º de agosto, más tarde
Hermana: Estoy en el correo. Llevo una hora dando vueltas alrededor de la cuadra sin decidirme a mandarte esta carta. Y es que antes de meterla en el sobre, quiero informarte de mi decisión: te prometo que nunca más iré al Vips para que como tú dices "te puedas sentir orgullosa de tu hermana" y "podamos juntas recordar limpiamente a nuestros padres". Te lo prometo y te pido perdón por haberte avergonzado.

21

¿Cuántos santuarios hay en este país? ¿Cuántos lugares de peregrinación? ¿Cuántas gentes encontrábamos que llevaban días caminando para llegar a ellos? Me acuerdo de los que iban de rodillas a Chalma y de los que besaban el vidrio que rodea a la Virgen de Ocotlán, de los que se aterraban en Jesús Nazareno con las pinturas que advierten del infierno, de los de Guadalupe con sus flores, de los de Parangaricutiro con su Señor de los Milagros, de los de Tlaltenango. Me acuerdo de las caras de los fieles, del olor de los fieles, de su enorme fe y reverencia en Los Remedios donde colgaban exvotos, en Talpa y en San Juan de los Lagos en donde había vírgenes muy chiquitas y milagrosas, vestidas con ropas elegantes y hamponas. Me acuerdo de Zapopan donde oímos a una viejita cantar:

> Albricias
> Aquí está María
> vamos a cantarle
> con mucha alegría.
> Virgen de Zapopan
> bajaste del cielo
> Madre adorada
> tú eres la reina de Guadalajara.

Me acuerdo del Cerro del Cubilete, donde dijiste que el enorme Cristo tenía un altar en el lugar del corazón y allí oímos a un viejo cristero cantar:

Que viva mi Cristo
que viva mi Rey
que impere por siempre
triunfante su grey.

La Virgen María
es nuestra protectora
y nuestra defensora
no hay nada que temer
somos cristianos
y somos mexicanos
guerra, guerra contra Lucifer.

Me acuerdo de las casas de ejercicios en Silao y en Atotonilco a donde la gente se encierra a rezar, a prometer, a hacer penitencia. Vimos sus cilicios, sus escapularios, sus coronas de espinas, sus estandartes y por fin, el último día, sus flores en la cabeza. Oímos sus misas, comuniones, sacrificios, jaculatorias y oraciones y vimos sus caras de devoción que me hicieron llorar.

Vimos procesiones que caminaban por las calles, a orillas de los ríos, en las playas y en lanchas en el mar. Llevaban Cristos, vírgenes y santos en andas y sobre pedestales. En Sahuayo todos se habían disfrazado para acompañar al santo. En Real del Catorce desfilaban los peregrinos de San Tarcisio y en Comitán le colgaban milagritos a San Caralampio.

El quinto viernes de Cuaresma lo pasamos acompañando a la imagen milagrosa del Señor de las Maravillas en El Arenal. El Viernes Santo lo pasamos caminando al toque del tambor en Taxco. En Celaya seguimos a los encapuchados y en Guanajuato a los que caminaban un jueves de Corpus. Pero lo que más me llegó fue ver a los indios de Chiapas que lavaban la ropa de la Virgen y de los santos para después tomarse esa agüita porque según decían, era muy milagrosa. Mucho me acuerdo de la devoción de estas gentes, de los altares y ofrendas a brujos y curanderos junto a los de los santos, con los sahumerios, los amuletos, las máscaras, las piedras, el olor del copal, el copal sagrado en Kohunlich.

¿Te acuerdas de cuánto tiempo esperamos —pero nunca pudimos ver— a la Virgen que se aparece todos los domingos en Chilapa? ¿Y de cuánto la gente estaba triste por los santos que les descontinuaron y que ya no podían festejar? ¿Y de cuánto los fieles querían a algunos, como el San Antonio de las que buscan marido y el Juan Bosco de los niños? ¿A cuántos cerros subimos con antorchas en la mano a dejar piedritas y pedir milagros al Dios cristiano y a los dioses antiguos? ¿Cuántas personas vimos que creían en los milagros, que vendían milagritos, que pintaban exvotos y de rodillas los iban a dejar?: "Señor, te doy las gracias porque me curé sin contratiempos de esta caída tan fuerte que tube".

Vimos al Cristo de las Ampollas en Mérida, a los Cristos Negros de Aguascalientes, Chalma y Jiutepec, al Cristo Yacente de Campeche, al Cristo

Sangrante en Tlalmanalco y al que suda en Singui-
lucan. Vimos al Cristo de Mapimí en Chihuahua,
al de Villaseco en el mineral de Cata, al de Creel y al
de las mil leyendas en Saltillo. Vimos al Cristo de
bronce en Monterrey, al que está sobre una cruz de plata labrada en San Román, al tallado en piedra de
Pátzcuaro, al de bulto en San Miguel, a los de maíz y
caña de Morelia, de Yácatas y de Santa Bárbara
Tlacatelpan. Vimos a un pequeño Cristo en la cruz hasta arriba en Cupileo y a otro pequeño en Aguascalientes con el pelo muy largo. Vimos al del Buen
Viaje en Veracruz que llegó solo por el mar y al de
las Limpias en Toluca que quita todos los pecados.

Vimos a la Virgen que está en el fondo del
mar en Roqueta y a la que está en el fondo del lago
de Tequesquitengo. Vimos a la Virgen de Guadalupe en el Templo de la Concordia en Orizaba y a la
Virgen de la Caridad con el Niño Dios en los brazos llevando dos bastones de generala. Vimos a una
Virgen que tenía dos niños porque además del suyo
llevaba el que una madre le regaló por curarlo, a la
Virgen del Rosario en Puebla, a la Virgen de la Soledad en Oaxaca, a las vírgenes europeas de
Tacámbaro. Vimos a la Santísima Trinidad en San
Cristóbal, a la Inmaculada Concepción en San Isidro Labrador, a un San Cristóbal de madera en Puebla, uno en Oaxaca y un San Andrés de plumas en
Calpan. Vimos a los doce Apóstoles en la Catedral
de Monterrey, a los de Pachuca, a los de Querétaro
y a los de la Catedral de San Luis. Vimos a San
Pedro y San Pablo que antes eran una misma escul-

tura con dos caras, pero como la gente de Calimaya se mataba porque quería que la de su santo estuviera de frente, el cura los mandó separar. Vimos al Niño del Calvario hecho de caña en una ermita en las afueras de Toluca, a los santitos chiquitos y milagrosos de Chiapas, los exvotos para el Santo Niño de Atocha en Fresnillo y muchos, muchos más. Pero ninguno como aquel Cristo flaco y largo, todo de madera negra, que vimos en casa de unos viejos devotos, cuya cara tan triste, cuyo cuerpo tan desnudo, cuya sobria soledad me hizo temblar.

18 de octubre
Feliz cumpleaños, hermana. Hace mucho tiempo que no te escribía, pero tu cumpleaños no puedo dejarlo pasar.

La verdad es que estaba enojada. La promesa que te hice me amargó la vida y me puso muy nerviosa. Dejé de ir al Vips y volví a traerme a la casa el aburridísimo trabajo de pasar cosas a máquina, pero pronto estaba desesperada, cansadísima y con poco dinero. Así que decidí mandarte al diablo y volví a lo mío. Pero tenía tan atravesado tu reclamo, que lo único que logré fue pasarla muy mal.

¿Tienes idea de las cosas terribles que tengo que soportar y de las que nunca hablo para no mortificarte a ti y para no pensar en ellas yo misma? ¿Sabes lo que se siente encontrarse con la ropa interior sucia o rota de un señor, el pelo grasoso, el mal aliento, el olor rancio de los trajes, las yemas de los dedos o los dientes amarillos por el tabaco, los granos en la espalda? ¿Puedes imaginar lo desagradable que es el sudor, las uñas sucias, los cuellos de las camisas raídos, las corbatas corrientes y las lociones baratas? ¿Sabes cuánto pueden pesar la lentitud y también la demasiada rapidez, cuánto puede alterar la mezquindad y hasta las bromas a la hora de pagar? ¿Crees que no dan miedo las enfermedades, desde un estornudo o una tos hasta las peores cosas que una sabe que existen?

Total, que con ese estado de ánimo tan decaído, con esa confusión dentro de mí, empecé a hacer berrinches por cualquier cosa, que asustaban a mis clientes, o simplemente era yo un palo con el que no había ningún placer en estar y que se la pasaba mirando el techo para entretenerse mientras los señores se afanaban en lo suyo.

Y lo peor es que sigo igual. Estoy atrapada en un círculo vicioso. Primero paso varios días en esto de levantar señores y me pongo tan mal que lo dejo y no voy más al Vips. Entonces traigo a la casa papeles para escribir a máquina, pero me aburro y me desespero cuando me pagan poco por tanto esfuerzo, así que vuelvo a aquello.

Y en esas ando, muy nerviosa, cambiando de opinión a cada rato. Han sido unos meses terribles en los cuales lo único que me salva y me mantiene con ganas de vivir son mis fines de semana.

El colmo fue ayer que un tipo no me quiso pagar y además me insultó. Me dijo las mismas cosas que tú en la carta esa que tanto me lastimó ese "nombre tan claro" que tiene mi trabajo. Al oírlo me revivió el dolor que sentí y también el coraje que me dio aquella vez. Creo que por eso te escribo hoy, para ponerlos juntos a ti y a ese hombre y a todas las gentes "buenas" y "decentes" que aprovechan lo que les conviene de las mujeres como yo y después salen con sus reproches y sus insultos.

Bueno, me despido. Feliz cumpleaños y que te vaya bien.

22

Me llevaste a ver edificios del siglo pasado para que yo conociera el espíritu liberal de la nación. Un granero de piedras muy blancas en Guanajuato, una biblioteca de muebles muy tallados en Puebla, muchas cajas de agua y muchos teatros, amplios y elegantes, de fierro y terciopelo. Entré contigo al Victoria en Durango, al Juárez en Guanajuato, al Degollado en Guadalajara, al Doblado en León, al Principal en Puebla, al de La Paz en San Luis Potosí, al Pedro Díaz en Córdoba, al Peón y Contreras en Mérida, al Hinojosa en Jerez, al Rosas Moreno en Lagos, al Calderón en Zacatecas, al Morelos en Aguascalientes, al Ángela Peralta en San Miguel. Pero ninguno como el de Torreón, tan serio por fuera y tan adornado por dentro y ninguno como el de El Oro con sus maderas preciosas y ninguno como el de Pozos, con todo su lujo en ese sitio tan muerto y tan fantasmal.

Me llevaste a ver pueblos mineros colgados de las montañas. Fuimos a Pachuca, Guanajuato, Zacatecas, Taxco. Recuerdo el mineral de Cata, La Valenciana, Real del Monte y Real del Catorce, Pozos y Tlalpujahua. Vimos también muchas minas, grises y tristes que siguen dando: El Rosario, El Álamo, Loreto, San José la Rica, San Juan, El Lobo, Dolores, San Francisco, La Reforma, Guadalupe, El Cerezo y hasta Cananea. Y lo que más me conmovió, porque era simbólico dijiste, fue un ojo de agua adentro de una mina que tenía el agua límpida y transparente siendo que era muy venenosa por los minerales que llevaba. Y lo que más me dolió, porque era terrible dijiste, es que las minas siguen funcionando, engullendo a las gentes que bajan a sus entrañas a trabajar.

Vi una cárcel por primera vez en Pochutla, con los presos haciendo collares de coral y otra abierta en Mulegé, sin techo ni rejas ni nada para encerrar. Vi una en Álamos con la mejor vista del lugar, otra en la Paz que era una casa muy bonita y alguna perdida en un camino que era un cuarto chiquito y cerrado.

Vi un fuerte por primera vez en Veracruz, el de San Juan de Ulúa, y luego me llevaste al de San Diego en Acapulco y al de San Miguel. Vimos los baluartes de Campeche y las almenas y torreones de la fortaleza de Guaymas, el obelisco de Mazatlán, el rompeolas de Cantoral y el faro de Sisal.

Vi un cementerio por primera vez en Santa Clara del Cobre con su vista del campo y la montaña y otro en Jerez con sus tumbas de cantera. Vimos uno sobre un montículo en Huejutla lleno de rosales silvestres y uno sobre un montículo en Puerto Ángel que miraba al mar. Fuimos en Cuernavaca al camposanto de San Antón y en Oaxaca al de Mazatlán de Flores el Día de Muertos o de Todos los Santos o de los Fieles Difuntos. Vimos un entierro de verdad que cruzaba por la calle debajo de los entierros prehispánicos de Zaachila. Vimos el sol caer a plomo en un camposanto de Yucatán y la neblina cubrir densa uno en la sierra. Vimos tumbas muy pobres con apenas una cruz de madera y otras tan ricas que brillaban por ser de oro puro. Pero los que más me gustaron fueron los panteones de colores, el de Ocotepec que estaba cerrado y a donde entramos saltando la barda, el de Tonanzintla y los cuatro que encontramos camino a Zihuatanejo.

Y me llevaste también a ver edificios de hoy, llenos de vidrio y de concreto. Me enseñaste la biblioteca de Villahermosa, el centro cultural de Toluca, el museo de antropología de Jalapa, el museo de arte en Monterrey. Pero nada como la biblioteca en Polotitlán, ese pueblo perdido en el Estado de México y nada como el centro ceremonial que les hizo el gobierno a los otomíes en Temoaya. ¿Será posible leer y rezar a fuerza? ¿Habrá alguien que use esas dos instalaciones, alguien que se las crea, alguien que pueda mezclar el espíritu de otros siglos con el de hoy?

Porque el espíritu de hoy está en los talleres y fábricas, ayuntamientos y palacios legislativos, hospitales y escuelas, hidroeléctricas y presas, puertos y aeropuertos, terminales de tren y de camión, edificios y multifamiliares, clubes deportivos y baños de vapor, oficinas administrativas y locales sindicales que también me llevaste a ver. Vimos una estación de satélite en Tulancingo, un observatorio astronómico en Baja California, una termoeléctrica en Manzanillo, una presa en Malpaso y otra en Infiernillo, una siderúrgica en Lázaro Cárdenas y hasta una planta nuclear en Laguna Verde. Todo eso vimos porque así es, dijiste, este país.

29 de noviembre
Hermana:

Gracias por tus cartas. No te las había podido contestar, pero ya estoy bien. Pasé momentos difíciles muy enojada y sobre todo muy triste, pero voy de salida. Lo que sucede es que ando muy ocupada, trabajando mucho en la semana y los fines de semana fuera de la ciudad.

He tratado de ahorrar lo más posible para volverte a mandar dinero porque entiendo de tu desesperación, no necesito que me lo repitas ni que me mandes tantas cartas pidiendo disculpas. Pero tampoco puedo juntar todo lo que quieres. Mal como, no me visto, pero tú sabes que hace casi un año que sólo trabajo de lunes a jueves y eso no tiene remedio ni va a cambiar. Lo que sí, es que estoy haciendo lo posible por aprovechar al máximo los días hábiles.

Por aquí no hay novedades. Don Armando quiso subir la renta pero le pedí ayuda a un amigo y metí demanda en la Procuraduría del Consumidor. Total que después de idas y venidas nos arreglamos y lo obligaron a firmar contrato por un año. Pasé un mal rato con eso. Y además, andaba con molestias, de modo que tuve que ir al médico. Pregunté por todas partes pero nadie conocía a una mujer en ese negocio así que no me quedó más remedio que ir con un doctor. ¡Qué cosa más desagradable! Por supuesto que no le dije a lo que me dedicaba sino que me inventé un nombre de casada y se lo creyó. Me dio unos medicamentos y me quitó las pastillas. Ahora me puso un aparato que me garantizó que es muy seguro y que no me va a traer tantas molestias. Dijo que debo volver cada seis meses a una revisión. Me choca la idea, pero tendré que hacerlo pues es necesario cuidar la herramienta de trabajo.

Recibe saludos.

23

Las cosas que comimos. ¿Te acuerdas de todo lo que comimos? Probé contigo platillos hervidos, asados, cocidos al fuego, al vapor y bajo la tierra, envueltos y sin envolver. Sábanas de carne delgada en Sonora, armadillo en Guerrero, mono en Catemaco, barbacoa en Tepotzotlán y en Actopan, chivo en Putla, venado en Yucatán, cabrito en Monterrey, chilorio en Sinaloa, chorizo en Toluca y en Pátzcuaro, guachinango en Veracruz, langostinos en Catemaco y langostas en Huejutla, menudo, machaca, tasajo, mixiotes de carnero, pollo y res, tacos de cabeza, buche, nana, maciza, moronga, bistec, chuleta y al pastor.

Probé contigo caracol en Yucatán, pan de cazón en Tabasco, pescado blanco en Pátzcuaro, guachinango en Veracruz, langostinos en Catemaco, langostas en Huatulco, cebiche en Acapulco y pescadillas en Zihuatanejo, camarones en Campeche y charales en Chapala, pejelagarto en Villahermosa, pejepuerco en Chiapa de Corzo, pejegallo en Aguachil, pescado a la talla, pescado zarandeado, tortuga, jaiba, pulpo, chilpachole, callo de hacha y ostión.

Probé contigo tamales de chile, dulce, mole, cacahuate, chipilín y yerbasanta y hasta un zacahuil relleno de un cerdo completo. Me llevaste a comer pozole rojo, blanco y verde, sopa de lima y sopa de tortilla, tortillas blancas y azules, solas y untadas con sal, con habas, con frijoles o con guacamole, rellenas con pollo, con carne, con queso y hasta con pescado y bañadas en salsas de colores. Probamos tacos, sopes, tostadas, quesadillas, enchiladas, chilaquiles, totopos, tlacoyos, panuchos y pambazos, gorditas, chalupas y garnachas.

Me diste axiote, pibil, escabeche y pipián; mole rojo, verde, amarillo y negro; con guajolote, con pollo, con cerdo, con pescado y con ajonjolí;

chicharrón y manitas de cerdo, caldo de pollo y consomé, arroz de colores, blanco, rojo, verde y amarillo; frijoles aguados y refritos, negros y bayos; huevos a la mexicana, rancheros y motuleños; tortas de pierna y de milanesa; queso añejo en Puebla, menonita en Chihuahua, de tiras en Oaxaca, fresco en Chiapas, enchilado en Cotija. Me serviste calabacitas rellenas, nopales capeados, chiles en nogada, quelites, huauzontles, verdolagas, ejotes, romeritos, chayotes, chinchayotes, chayocamotes y tepecamotes, papas, jitomates y tomates, huitlacoche, calabaza, calabacita y flor de calabaza. Me diste chapulines, escamoles, jumiles, chinicuiles y hormigas panzonas vivas a las que se les chupa la miel y se las deja ir.

Y me hiciste comer todo esto con chiles verdes, rojos y amarillos, pasilla, anchos, guajillos, serranos, habaneros, chipotles y jalapeños. Y me hiciste comer todo esto acompañado de cerveza, negra en Yucatán y rubia en Monterrey, jugo de caña, jugo de coco y jugo de nopal, tepache y chicha, agua de tamarindo, jamaica, sandía y limón con semilla de chía, licor de tuna, de manzana, de pera, de guanábana y de todas las frutas, xoconostle, sidras, ponches, moscos y alfeñiques, toritos y nevados.

Pero nada como aquel día cuando me enseñaste el pulque, bebida divina que quita todos los males y el tequila de agave azul que purifica la sangre. Me enseñaste lo que era el aguamiel, los curados, el tesgüino, el mezcal de Oaxaca y el tequila de Amatitán y también los aguardientes de caña, coco y capulín.

Me diste helados de tuna roja, de cajeta, de leche quemada, de mango y de limón y dijiste que en otros tiempos se hacían con agua de lluvia. Me diste chongos zamoranos, duraznos en almíbar, duraznos prensados, dulces de tejocote y de guayaba y dijiste que en otros tiempos se hacían con miel de colmena. Me serviste plátanos fritos, arroz con leche, manzanas cubiertas de azúcar y camotes asados, ate de membrillo y pelo de ángel, pitayas y pitahayas, nanches, sandías, naranjas muy dulces y jícamas con limón, sal y chile piquín. Me diste dulce de leche, cocadas, morelianas, jamoncillos, membrillos, arrayanes, compotas, capirotadas, merengues, natillas y buñuelos. Me serviste fresas con crema en Chalco, fresas cristalizadas en Irapuato, mermelada de fresa en Monterrey. Y todo eso con atoles, champurrados, cafés de olla y chocolates calientes y olorosos, hechos de flor de cacao, madre de cacao, rosa de cacao, planta del dulce aroma y del dulce poema de un rey azteca:

¡Que permanezca la tierra!,
¡que estén en pie los montes!
En Tepeaca, en Huejotzingo, en Cholula,
que se distribuyan flores de maíz,
flores de cacao.

Diciembre 22
Hermanita, hola:
Se acerca el fin de año, las fiestas otra vez, época de enmendarse y de prometer. Lo primero que te

digo es que ya no estoy enojada ni te guardo ningún rencor. Volvamos como antes, yo a mandarte dinero desde aquí y tú a organizar todo allá. Lo segundo es que trataré de ganar más dinero. Prometo que trabajaré muy duro durante la semana y te juro que no voy a dejar títere con cabeza. Buscaré a los señores con mejor apariencia para que me paguen bien, me olvidaré de los chavos desarrapados que tanto me gustan y levantaré puros tipos con pinta de ejecutivos a los que les pueda cobrar más. Y te prometo también hacer más servicios en una noche, tres o cuatro si es posible. Así espero compensarte por los días que estoy con mi señor de los viernes, del que no quiero hablar, que no me paga y al que no voy a dejar jamás. Y para que estés contenta, desde hoy te estoy mandando completo mi sueldo. He podido conseguir que los clientes me inviten a cenar o que me regalen alguna cosa de ropa y entonces yo no tengo que gastar, de modo que no descuento de mi pago de la oficina más que la renta y lo demás, junto con lo del Vips, te lo mando completo. Y bueno, pues la casa ya está dando un poco con los huéspedes que hay, aunque todavía tengas dos cuartos vacíos. Pero según cuentas en tu carta, los dos muchachos que ya viven allí son "gente de primera". Espero que así sea porque en algún momento aquello tiene que mantenerse solo y dejar de depender de mí. Respecto a lo de la señora Genoveva, lo único que puedo decirte es que eso que le pasó es asunto de la edad y no es cosa excepcional, así que tienes que estar preparada para una sorpresa en cualquier momento.

Bueno, cuídate, recibe saludos y te deseo lo mejor para estas fiestas. Feliz Navidad y feliz Año Nuevo. Yo estaré fuera de la ciudad pero pensaré en ti.

P.D. Un amigo me regaló una lamparita que parece fuente. Es una base de plástico transparente de la que salen tiritas largas y delgadas que se iluminan de colores. ¡Está lindísima!, es del tipo de cosas que a ti te encantaría. Tere me regaló una minifalda que está de moda aquí. La verdad es que se me ve muy mal pero me gusta. Ésa sí que es buena amiga pues yo ya ni caso le hago —ni a ella ni a nadie porque no tengo tiempo— pero no se olvida de mí. Hasta me ofreció cenar con ellos en la Nochebuena pero le dije que no podía. Como que quisiera descubrir qué hay atrás de tanto misterio mío, pero imagínate si se lo digo, allí mismo se muere y yo me despido de la oficina que es un sueldo seguro y fijo. Total que tuve que regalarle algo también, así que le llevé una loción que me acababan de dar, con tal de no gastar nada. Te confieso que sentí feo porque me gustaba mucho su olor, pero ni modo.

Otra P.D. ¡Si vieras que no he cambiado nada! Fíjate que vinieron a verme dos muchachitos que era su primera vez y me chocó eso de enseñarles. De todos modos lo tuve que hacer porque son hijos de buenos clientes, pero la verdad, a mí me gusta que me hagan y además si se puede, sabiéndole a la cosa, con conocimientos. Te lo cuento porque me acordé cuando te peleabas conmigo porque no me gustaba enseñarte nada de lo que yo sabía y en cambio a ti te obligaba a enseñarme lo que tú sabías. ¿Qué tal aquella vez de la plana esa de geometría que no te ayudé a hacer y reprobaste el examen final? Ya decidí que la próxima vez que venga un novato lo voy a sentar a que vea cómo funciona alguien con experiencia antes de empezar yo con él.

Otra P.D., la última: Me compré un billete de lotería a ver si le pego al gordo de Navidad. Cruza los dedos por mí.

24

Me llevaste a ver el algodón de La Laguna, el trigo en el Valle del Yaqui, el sorgo en Tamaulipas, las uvas en Coahuila, el café en Coatepec, el arroz en Jojutla, la sidra en Huejotzingo, las manzanas en Zacatlán, los mangos en Tepanatepec, las naranjas en Huejutla, el queso en Chihuahua, el henequén en Yucatán, el ganado en Chiapas, los membrillos en Guanajuato, los aguacates en Atlixco, las peras en Ucareo, los puros en San Andrés Tuxtla, la cajeta en Celaya, los vinos en San José de la Paz, la cerveza en Orizaba, los azulejos en Dolores, el cacao en Tabasco, la vainilla en Papantla, la caña de azúcar en Veracruz, las nueces en el norte y los cocos en el sur, las resinas en el norte y los plátanos de tres tipos en el sur, el frijol con sus muchas variedades en todas partes, el maíz y el maguey en todas partes.

Sí, la planta sagrada del maíz y la planta sagrada del maguey. El maíz: causa de la vida, materia con la que los dioses hicieron a los hombres, alimento, Ixim, Teocintle, Puxpuch, Atzintzintli, Tlaxole, planta de los trescientos nombres y las seis deidades. El maguey, que da el mezcal de tanto gusto, el aguamiel que es leche alimenticia y el pulque que aligera las penas, planta de frutas dulces que sirve para hacer techo durante la vida y ayate que acompaña desde la cuna hasta el sepulcro. Planta providencial que sirve de leña y de abono, de papel y de cuerda, de transporte y vinagre, de hilo y aguja, de tapete y mesa, Milt, diosa matrona de los cuatrocientos pechos.

Me llevaste a ver toros sueltos en las calles de Huamantla, manatíes en Tabasco, fósiles marinos en El Refugio, flamingos en Celestum, cangrejos en Tecolutla, gansos en San Ignacio, elefantes y lobos marinos en Ojo de Liebre, venados en La Concepción, pájaros de mil colores en la Isla Holbox, la Isla Contoy y la Isla Tiburón. Recuerdo las gaviotas y los pelícanos libres junto a los arrecifes de colores y a los manglares, recuerdo a los peces libres en las lagunas de agua transparente y a las ballenas grises pariendo en un recodo del mar.

Me llevaste a ver campos madereros en Escárcega, un trapiche, un ingenio, una desfibradora y un beneficio. Me llevaste a ver zoológicos en Puebla, Monclova, Tabasco, Sonora y Tapachula, acuarios en Mazatlán y Cozumel, jardines botánicos en

Jalapa, Tuxtla y Toluca y hasta centros ecológicos en Sonora y Villahermosa, llenos de plantas y animales de cada lugar.

Vimos a los pescadores en lagos y ríos, con redes y cestas, levantar almejas en San Ramón, mariscos en Mandinga, robalos en el mar. Vimos la blancura de la sal en Guerrero Negro, el brillo de la plata en Taxco, lo negro del petróleo en Poza Rica.

Pero lo más lindo fue mirar cómo siembran el maíz introduciendo la punta del bastón de coa y cómo pintan la ropa con cochinilla en Oaxaca, con añil en el Istmo, con semilla en axiote y planta de zacatlazcalli. Vimos cómo salen los colores, rojos y morados, amarillos y rosas y cómo cambian los teñidos con caracol y con Palo de Campeche, que a veces son violeta y otras son negros. Vimos cómo se prepara el algodón para hacer la ropa, uno delgadísimo que sólo existe en este país y cómo se prepara el papel de amate para después pintarlo con pájaros y flores de colores vivísimos. Vimos cómo se usa la cera de Campeche para pegar y cómo se echa orina para fijar el color. Todo eso vimos juntos, en el país amado y a la hora amada.

31 de enero
Hermanita de mi vida:

¿Cómo estás? ¿Cómo va todo por allá? Ya pasó un mes del nuevo año y yo ni te pregunté cómo te fue de fiestas. ¡Corre mucho el tiempo! Espero que hayas recibido mi tarjeta de felicitación.

Aquí hace un frío tremendo, sobre todo en las madrugadas. Y como a esa hora estoy siempre desnuda, pues me pega fuerte. Anduve un poco mal de la garganta y hasta con fiebre, así que no pude trabajar una semana. Entonces aproveché para arreglar la casa. Tiré algunas cosas tan viejas que ya ni color tenían y me entretuve mucho revisando las fotos. ¿Te acuerdas de los trajes de baño de rayitas de colores? Pues allí estábamos, muy alegres con ellos puestos. Y una fiesta de la primavera, tú disfrazada de española y yo de brasileña. ¡Cómo nos peleamos para ver a quien le tocaba cuál disfraz! Papá se enojó tanto que por poco no vamos a ningún lado. Hay fotos en el parque, en la escuela, con mamá y papá, con Lady que apenas era cachorrita, con la nana, con la tía Greta, con las primas y con gentes que no tengo idea de quiénes son. Encontré las de nuestra primera comunión con los vestidos hampones y blancos tan bonitos y las de los fines de cursos de la escuela donde me costó trabajo reconocernos en medio de un montón de niños uniformados. Había cartas, broches, envolturas, libros con postales y flores secas adentro, los muñecos de peluche que apestaban a polvo, la colección de estampas y mil cosas más. Me divertí mucho esa semana y acomodé todo. Por cierto que la toalla amarilla con la flor bordada no está, ¿tú te la llevaste? Porque si no, es que me la robaron.

Aquí no hay muchas novedades. Yo sigo trabajando. El gerente del Vips ya decidió que le tengo que pagar su comisión una vez por semana. Yo quise negociar que fuera cada quince días pero él se puso necio. Lo único que logré es que suceda en día fijo para yo saber a qué atenerme y que no me caiga por sorpresa. Así que ahora todos los lunes recibo sus frustraciones del fin de semana durante diez larguísimos minutos de encierro total en su baño minúsculo. Pero reconozco que el olor de su loción me agrada y se me queda encima durante bastante rato.

Por lo demás, no me va mal. Ya tengo agarrado un buen paso. Un señor con portafolio negro por aquí, uno de traje azul marino por allá, uno de chamarra y sin corbata de vez en cuando. A veces no consigo nada y otras no me gusta el que conseguí pero ni modo, trato de no fijarme. La novedad es que tengo un cliente que no quiere hacer sino nada más ver: a mí pero con otra mujer. Él mismo la trajo; es muy jovencita, tiene carita de susto, pero nos caímos bien. La otra novedad es que descubrí que puedo con dos señores al mismo tiempo y eso me permite ganarme el doble de dinero por la mitad de trabajo. Es cierto que luego quedo algo adolorida pero vale la pena y además, con un baño tibio se me quita y hasta puedo ir otra vez al Vips.

Pues por mi parte es todo. No me hizo muy feliz la idea de que le rentes un cuarto a una pareja. Eso siempre complica más las cosas, pero si te cayeron tan bien como dices, pues tú sabrás lo que haces. Te mando un beso.

P.D. Lo que no me gustó nada fue el señor ese que te conseguiste, con pretexto de tu soledad. Espero que a pesar de él nuestro plan esté en pie. Piensa que yo aquí trabajo mucho, soportando todas las mañanas una oficina donde la gente es amable pero el trabajo aburrido y oyendo todas las noches las historias y las ilusiones de un señor o las culpas de los que se ponen a hablar de su esposa y sus hijos o de su chamba y sus amigos. Y que todo lo hago por ganar el dinerito que necesitamos para nuestra casa italiana, o sea, por ti y por mí y por nuestro sueño de estar juntas allá y vivir a la orilla del mar. Así que no me desilusiones, ni se te ocurra nada de novios ni de cosas que cuestan tiempo y dinero.

Otra P.D. Ya te dije que de mi señor de los fines de semana no quiero hablar. Te suplico que de eso no me hagas preguntas en tus cartas. Es mi secreto y sólo te digo que es el sentido de mi vida y mi gran felicidad.

25

Recogimos flores silvestres en San Miguel Regla que durante días conservaron su olor a campo. Cortamos flores azules en los árboles de Guadalajara y rojas en los de Jiutepec. Vimos flores amarillas el Día de Muertos en Janitzio, arcos de flores de muchos colores afuera de las iglesias y otros arriba de las chalupas en Xochimilco, con nombres de mujeres bonitas. Vimos flores en la cabeza de los que salían de las casas de ejercicios espirituales y flores que niñas vestidas de blanco le llevaban a la Virgen. Un mes de agosto vimos tapetes de flores en Huamantla, un día de no sé qué mes vimos lluvia de flores en la iglesia del Chico, un cirio de flores en San Martín Texmelucan y tres lirios solitarios en el estanque de una hacienda en Amatitán. Había flores en patios, en cestas, en latas. Azaleas y geranios, rosas y claveles, mercadelas y orquídeas, alcatraces y cempasúchil, crisantemos y nubes, nardos y violetas, gladiolas y tulipanes, flores de azahar, flor de huele-de-noche y flor de nochebuena.

¿Dónde era que olía tan fuerte a gardenias y dónde crecía una enorme bugambilia sin podar? ¿Dónde sembraban amapola a escondidas y margaritas para vender? ¿Dónde pasaban mujeres que llevaban jícaras llenas de flores para ofrecer? ¿Por qué nunca me enseñaste la chicomesúchil, flor divina o siete flores?

Pasábamos por bosques que olían a pino, por bosques de encinos, ahuehuetes, guayacanes, tabachines y jacarandas. Vimos palmeras llenas de cocos, palmeras llenas de plátanos y palmeras datileras en San Ignacio y San Isidro. Me enseñaste ceibas en Tabasco, sauces en Michoacán, eucaliptos en Durango, magueyes en Apan, órganos en Zacatecas, nopales, cardones, mezquites, garambullos, biznagas y cactos, cactos de muchos tipos, pitayas, pitahayas y pitahayitas de culebra, juncos, cirios, reinas de la noche y plumas de Santa Teresa, que les sirven de vivienda a las lechuzas y de símbolo a la pobreza de este país.

Me enseñaste matorrales, arbustos y zacates y una planta con espinas en forma de cruz en un templo de Querétaro. Todo me enseñaste: la vegetación exuberante de Valle Nacional, la extrañísima del Xitle y la muy escasa del Mezquital.

En todas partes comíamos frutas, mandarinas y mangos, guayabas y guanábanas, mameyes, capulines y tejocotes, jícamas y papayas, zapotes de tres colores y chicozapotes de color café, membrillos y limas, naranjas, manzanas, plátanos, sandías, piñas y melones. Comimos tunas que son la fruta del sol y cocos cuyo jugo y flores ayudan y alivian, que dan agua que refresca y carne para hacer manteca, vinagre, tuba, copra y hasta escobas y pintura. Vimos arreglos de frutas y tapetes de frutas en Petapa, en Santo Domingo, en Santa María, en San Bartolo y una fuente llena de jugo de naranja de Montemorelos. Vimos mujeres que cargaban jícaras con fruta, canastas con fruta, rebozos con bordados de fruta y macetas con dibujos de frutas.

Contigo conocí iguanas y tejones, mapaches, lirones y tlacuaches, coyotes y tapires, gavilanes, cuervos, águilas y zopilotes, iguanas, serpientes y lagartos, burros y chivos, cerdos y borregos, delfines en La Manigua y en la desembocadura del Pánuco, manatíes en Vigía Chico, alacranes en Durango, puerco espines y guajolotes, estrellas de mar y guacamayas, patos y cenzontles, palomas y conejos, golondrinas y vacas, borregos y gusanos de seda que me dijiste que antes de que vinieran los españoles no existían en este país, chacuacos que emprendían el vuelo y ratones-canguro que nunca bebían agua. Fuimos en Teotihuacan a un criadero de perros que se alimentaban de hierbas, en Amecameca a uno de zacatuches, que parecían ratas, y en la costa a uno de tortugas, a uno de serpientes y a otro de lagartos.

En Tabasco vimos tucanes, en Angangueo mariposas, gaviotas en Baja California, garzas en Barra de Potosí, truchas en la desembocadura de Soto la Marina, víboras en Tuxtla y lechuzas en las orillas de las carreteras.

Pero lo que más vimos fueron caballos. Pura sangre, pencos, yeguas y cuacos mostrencos. En Jalisco vimos a los que se usaban para domar y a los que se usaban para trabajar. Vimos a los muy garbosos que lucían encima mujeres bonitas sentadas con las dos piernas para un mismo lado y a los que corrían parejas, hacían suertes charras, ganaban competencias de salto y velocidad, coleaban, floreaban, toreaban y rejoneaban. Fuimos a escaramuzas, jaripeos y charreadas donde las gentes bailaban en medio de reatas que se movían y terminaban siempre con el jarabe tapatío. ¡Cómo aman las gentes a sus caballos! Como te amo yo a ti, como a la sal, como al maíz, como al agua, como a la tierra, como al peyote encargado por los dioses de cuidar a los hombres, como al pulque mandado por los dioses para aligerar el corazón, como a la vida.

29 de febrero. Año bisiesto, día de suerte y además en miércoles, exactamente a la mitad de la semana. Hermanita del alma:

¿Qué es lo que te pasó con ese señor? ¿De verdad estás dispuesta a enamorarte de un viejito que tiene hijos de tu edad? No te gustaba que la señora Genoveva te adoptara de hija y ahora vas tú y te buscas un padre. ¡Aunque en la foto que mandaste más parece tu abuelito que tu papá! Pero si ese don Tito es bueno contigo, pues por mí está bien. Nada más que no me vayan a sacar de los planes porque me cuesta mucho esfuerzo mandarte dinero. Yo quiero mi cuarto y quiero seguir siendo dueña de nuestra casa de huéspedes y pronto me iré para allá y ese don Tito tiene que aceptarnos así, a las dos. Explícaselo bien, por favor.

Conocí a un ingeniero y le entró el amor por mí. Me lleva a bailar todas las noches. ¡Qué lástima el tiempo que perdí!; debí de haberme dedicado a eso siempre, ir a fiestas todos los días y bailar y bailar hasta el amanecer. Es lo más maravilloso del mundo. En esta ciudad hay antros atestados de gente sudorosa pero muy bien vestida, muy arreglada para verse elegante y muy olorosa a loción. Están en la calzada de Tlalpan, en la colonia Guerrero y en la Narvarte, con orquestas buenísimas que tocan hasta el amanecer. Y hasta discotecas en los hoteles, con música a todo volumen y bares en los que tocan pianos o cantan solistas y tríos y hay lugares donde oyes mariachis mientras tomas un licorcito rojo y hay otros hasta arriba de los edificios más altos en donde ponen música romántica. Y este hombre me llevó a todos esos sitios que yo ni imaginaba que existían y estuve tan feliz que no te lo puedes tú tampoco ni imaginar. Como siempre tomamos mucho y bailamos tan pegados oyendo esa música, ya casi ni tenemos que venir después a la casa para acabar. Un día deveras le pasó y el hombre se apenó muchísimo, pero yo me reí tanto que hasta lo puse de buen humor.

Además es generoso. Me regaló un suéter tan lindo que estuve a punto de quedarme con él, pero cuando vi el letrero que colgué en la cocina, el de "No te olvides del sueño", me lo quité y se lo vendí a una compañera de la oficina. Por eso verás que el cheque de este mes es más grande. Era un suéter finísimo. El inge me preguntó por él como a la semana, yo puse cara de consternación y le dije que lo había perdido. Primero se enojó un poco, pero luego se le pasó. Estuve con él como tres semanas, pero ahora se fue y no quiere más nada conmigo. Y ni modo, así es.

El domingo fui a misa. No sé por qué pero me dieron muchas ganas. Por supuesto que nada de confesión ni cosas por el estilo, imagínate la cara del pobre cura si me oyera, pero al menos poder rezar un poco me hizo bien. Bueno, escríbeme y salúdame al don Tito ese.

P.D. Me habló la señora Zoila para avisarme que a la Lady segunda le nacieron ocho cachorritos. Dice que están preciosos.

26

Te encantaba llevarme por ferias, bailes, desfiles y carnavales, romerías y marimbadas, juegos florales y elecciones de reina, serenatas y mañanitas. Vimos carros alegóricos y juegos pirotécnicos, jugamos futbolito, canicas y tiro al globo. Nos subimos a la rueda de la fortuna, al ratón loco y al látigo.

Me acuerdo que seguimos a los que bailaban en el Carnaval de Mazatlán, en el de Veracruz y en el de Tampico; que fuimos a la coronación de la Reina en Ciudad Mante y en León y que vimos pastorelas con diablos buenos y flojos en Tepotzotlán, entremeses en las calles de Guanajuato, posadas en Oaxaca y en Taxco, gente rompiendo piñatas en Querétaro y el grito de Independencia en una noche fría y oscura en Dolores.

Me llevaste a bailar polkas en Chihuahua y sones en Veracruz; a oír jaraneros en la Huasteca y mariachis en Jalisco, trovas en Yucatán y marimbas en Chiapas, corridos, tríos, huapangos, redovas, boleros y jarabes. Escuchamos un coro en San Felipe Neri, una estudiantina en Guanajuato y unos violines en Tepotzotlán. Vimos a la gente bailar en Chalma debajo de un ahuehuete y en Chamula saltando sobre el fuego. Vimos desfilar a las solteras vestidas de blanco en Tehuantepec y a las matronas en Juchitán, ondulando sus enormes caderas y vimos también cómo en la costa los músicos aguantaban toda la noche cantando sin parar.

Me enseñaste un salterio, la diferencia entre las diferentes guitarras, un enorme tambor tarahumara con un diablo pintado, un teponaxtle que dijiste que venía del cielo para consolar a la gente de sus desdichas, un huéhuetl, muchas flautas de diferentes tamaños y hasta un caracol.

Pero nada como ese día cuando me llevaste a oír a Jorge Reyes, ritual de copal, jarros y ollas, micrófonos, luz y sintetizadores, además de los ruidos de su propio cuerpo.

Y es que la música te encantaba. Un día te daba por cantar "Adiós, mamá Carlota" y otro el "Himno Nacional". Un día me cantabas una canción ranchera y otro día un bolero de amor. Te sabías muchas melodías y muchas letras, algunas fuertes como ésa de "Simón Blanco" y otras suavecitas como ésa de "Amorcito corazón"; algunas calientes como ésa de "Pero estoy taaan enamorada" y otras tontas como "Tipitipitón tipitón, todas las mañanas frente a tu ventana canto esta canción"; nostálgicas como "Acuérdate de Acapulco, María bonita, María del alma" y tristes como "Adiós mi chaparrita, no llores por tu Pancho, que si se va del rancho, muy pronto volverá"; unas de duda como "Y tú, quién sabe por dónde andarás, quién sabe qué aventuras tendrás, qué lejos estás de mí", y otras de seguridad como "Comenzó por un dedito y la mano agarró", unas de esperanza como "Querida, dime cuándo tú vas a volver", y otras de sin esperanza como la que dice "Como esperan las rosas sedientas el rocío", muchas en las que los despechados sufrían y pocas de gente alegre y feliz.

De Atotonilco me acuerdo de "mi cielo, como un rayito de luna"; de Veracruz "rinconcito donde hacen su nido las olas del mar"; de Pénjamo "brillan allá sus cúpulas"; de Sayula que "el carretero se va"; de Tabasco que "es un edén" y de Tehuantepec "música de una marimba, maderas que cantan con voz de mujer".

Contigo conocí a Álvaro Carrillo, Agustín Lara y Guty Cárdenas. Contigo escuché a Pedro Vargas, a los Panchos y a María Luisa Landín. Pero de lo que más me acuerdo es cuando me dijiste que pase lo que pase, no me devuelves mis besos y que nuestras almas se acercaron tanto al fin que yo guardo tu sabor pero tú llevas también sabor a mí. ¿Te acuerdas de aquella vez cuando me recitaste unos versos que decían: "Que te quiero, sabrás que te quiero, cariño como éste jamás existió" y que al oírte yo me puse a llorar?

Vimos a los voladores en Huauchinango, los gigantes en Lacona, los negritos en Cherán, la danza de la pluma en Ciudad Victoria, la de la varita en Ciudad Santos, la de los concheros en Cortazar, huehues en Tlaxcala, catrines en Santa Ana Chiahutempan, tecuanes en Jolalpan, chinelos en Cuautla, santiagueros en Orizaba, tecotines en Tequila, viejitos en Michoacán.

Vimos tlacololeros, varas y cintas, machomula, mecos, chilolos, cascaritas, moros y cristianos. Vimos palo encebado, representaciones de raptos, bailes con máscaras y disfraces, con penachos en Teotitlán y con cascabeles en Saltillo, con trajes de colores en las plazas de Mérida y Oaxaca.

Pero lo que más me gustaba eran las fiestas, llenas de gente, de ruido, de olores. La feria de abril en Tuxpan, la de la primavera en El Rosario y en Jerez, la de la barbacoa de Actopan, la de la fresa en Irapuato, la del zapato en León y la del textil en Guadalajara y hasta el día del burro en Otumba, cuando sacaban a los animales, pobrecitos, todos adornados a pasear. Fuimos a las fiestas de agosto en Lagos de Moreno, a la del cobre en Santa Clara, la de la plata en Taxco, la del maíz en Zapopan y la de las flores en Huamantla. Vimos exposiciones de ganado y de pollos, ferias de frutas y de plantas. Pero lo más impresionante eran siempre las fiestas religiosas, con las gentes llenas de fervor, pidiendo ayudas, beneficios y protecciones, esforzándose por mostrar su adoración y su fe, cantándole a Dios:

Señor, Señor, Señor de mi amor, aquí está tu pueblo cantando en tu honor.

Recuerdo la noche de Navidad en el zócalo de Oaxaca, la noche vieja en el zócalo de Tlaxcala y el Año Nuevo un primero de enero en San Cristóbal, cuando el cambio de varas. A los reyes magos los esperamos en Zinacantán y las tribulaciones de Judas hasta su suicidio las presenciamos en una obra de teatro en Purísima de Bustos cuando sacaban unas máscaras pintadas. El Sábado de Gloria lo pasamos en Huejutla viendo a las indias que muy limpias y peinadas traían jarrones de barro adornados con flores. Me acuerdo de cómo nos mojaron un día de

San Juan hasta que quedamos más bautizados que un recién nacido de Jalisco. Me acuerdo de la Semana Santa en Guanajuato con sus dulces de azúcar y su gente adolorida y del día de La Magdalena en Hidalgo con la gente subiendo al cerro a dejar su piedrita.

Un Día de las Madres todo estaba cerrado y llevaban en los autos a las abuelitas muy emperifolladas. Un Viernes de Dolores los charros iban muy engalanados mientras nosotros entrábamos a las casas a preguntar si ya había llorado la Virgen y nos daban agua de sandía y de melón. Un Día de la Candelaria festejamos que sentaron al Niño y un Día de Muertos nos dieron café en las esquinas de Tepoztlán.

Me acuerdo del Corpus Christi en Amanalco, de la pascua en Tuzantla, del Miércoles de Ceniza en Amecameca, del Domingo de Ramos en El Chico, de la bendición de las palmas en Tlalpujahua, la bendición de agua en Acaxochitlán, la bendición de las semillas en Tingambato y la bendición de los barcos en Veracruz.

Me acuerdo de la noche de muertos de Tzintzuntzan y del Día de Muertos en Tamazunchale, de la fiesta de Corpus en Jarácuaro y de la Pasión de Tianguistengo, en Jalpan, en Lopándaro; del Viernes Santo en Pátzcuaro, en El Entierro, en Peña Miller; de la Candelaria en Tlacotalpan, en Sombrerete; de Todos Santos en Telixtlahuaca, en Etla; de la Semana Santa en Nayarit, en Pichucalco.

Me acuerdo de la fiesta del Padre Jesús que dura una semana, de la Pasión de Cristo en Unión de Juárez, la Asunción en Comalcalco, el Día de Muertos en Macustepela, el Niño Dios vestido en Xochimilco, la Santa Cruz de mayo en Alvarado, las calendas en Oaxaca y las ofrendas a los muertos por accidente en Pachuca.

Vimos festejar a Santiago Apóstol en julio, San Sebastián en enero, San Juan en junio, San Marcos en abril, la Virgen del Rosario en octubre. Vimos festejar a San José en marzo, San Antonio en junio, San Francisco en octubre, Santiago en Julio, la Virgen de Guadalupe en diciembre. Estuvimos para festejar a San Mateo en septiembre, San Francisco en noviembre, San Gabriel en marzo, San Pedro en agosto, la Virgen del Carmen en julio. Acompañamos los festejos a San Andrés en noviembre, Santo Tomás en marzo, San Miguel en mayo, San Bernardo en agosto, la Virgen de la Asunción en octubre. Y también a San Carlos en noviembre, Santo Domingo en agosto, Santiago Apóstol en enero, San Jerónimo en septiembre, la Virgen María en agosto. Y a San Fermín en julio, San Bernabé en junio, San Isidro en mayo, San Esteban en diciembre, el Santo Niño de Atocha en enero.

Vimos a todos los buenos cristianos, a todos los fieles cristianos con su devoción: devoción en la frente para que los libre Dios de los malos pensamientos, devoción en la boca para que los libre Dios de las malas palabras, devoción en el corazón para que los libre el Señor de las malas obras. De los malos pensamientos, líbranos, Señor, de las malas acciones, líbranos también.

23 de abril

Hermanita:

Gracias por tu telegrama de cumpleaños. Para mí fue un día como cualquiera, lo pasé ocupadísima trabajando. ¡Estoy chambeando tan duro que hasta voy a enflacar!

Ahora te respondo al regaño de tu última carta, que no te había podido contestar: el ingeniero ese que según tú tanto me convenía, porque me daba cena y desayuno, además de regalos y de que me divertía, se enojó conmigo porque no quiero verlo los fines de semana. Está convencido de que tengo algún secreto terrible y eso lo enfurece. Pero ni modo, soy de quien quiera de lunes a jueves, pero de viernes a domingo no. Ni aunque insistan. Y no se hable más.

Te anexo tu giro. Este mes pasé enferma de la garganta una semana, así que no pude ir al Vips y tuve que tomar de mi sueldo un poco de dinero para pagar yo mi comida. No sé qué me pasa, pero me estoy enfermando seguido de lo mismo. Yo creo que ando baja de defensas porque duermo poco. En las tardes hago siesta de unas tres o cuatro horas y en las madrugadas, cuando se va el último cliente, si me sobra tiempo, aprovecho para descansar un poco antes de irme a la oficina.

Pero no creas que por la enfermedad estuve del todo ociosa, porque llamé a un doctor y después de que me revisó la garganta y me recetó los antibióticos, se siguió revisándome otras partes del cuerpo que ya no estaban enfermas ni necesitaban medicinas y hasta donde te imaginas me revisó y me dijo que estaba yo de lo más bien. Después de eso no me cobró la consulta y me vino a ver dos veces más, para revisión general, también gratis.

Bueno, escríbeme por favor. Para apapacharme me pasé a tu cama y decidí que ése va a ser mi lugar de descanso y la mía será el lugar de trabajo. Te mando un gran beso y saludos a don Tito.

27

Me llevaste por tianguis y mercados a que viera y oliera y me mareara de colores. Me acuerdo del de Oaxaca donde las mujeres indias baten una bebida con la mano metida hasta el codo. Me acuerdo del de San Cristóbal que ocupaba muchas cuadras alrededor de un edificio y en el que se confunden las lenguas de los indios. Me acuerdo del de Juchitán en el que mujeres gordas y saludables venden aretes y collares de oro, del vivísimo de Tehuantepec, el blanco de Ixmiquilpan, el de Huejutla lleno de flores, el de Taxco que parece laberinto, los de Michoacán llenos de artesanías, el de Yucatán que vendía cera negra de abejas silvestres, el del Parián en Puebla demasiado ordenado, el de Guanajuato que vende alfeñiques y muñecos de plomo y el de Torreón todo hecho de metal.

Me acuerdo del día de mercado en Zacualpan con las telas blancas que cubrían los puestos ondeando al sol, del día de mercado en Ocoyoacac, del día de tianguis en Yecapixtla y de los tianguis en la sierra de Puebla.

Me acuerdo de los puestos rebosantes, de los gritos de los marchantes, de las gentes que se movían, pregonaban, regateaban, preguntaban, pagaban. Flores, frutas, verduras, carnes y pescados; huevos y quesos; escobas, cepillos, escobetillas y fibras; canastas, cestas y bolsas para el mandado de muchos tamaños; jaulas para pájaros y vestidos de percal; chiles de muchos nombres, de muchos largos y de muchos picores que cambian de color del verde al rojo; frijoles negros, blancos, pintos y bayos; garbanzos, habas y cacahuates; semillas de calabaza que son muy nutritivas, de amaranto que alegran la vida, de axiote, ajonjolí y linaza; pimientas negra, blanca y verde, entera y quebrada; clavo, azafrán, canela y vainilla en rama o en polvo; chocolate, pinole y piloncillo; tomates y jitomates que son las manzanas del amor, manzana de oro, manzana del paraíso, fruto con ombligo; aguacates que son mantequilla de árbol y algas espirulinas que son excremento de piedra; poros y apios que le dan sabor al caldo; cebollas y ajos que curan la tos; muebles de metal y de plástico; cubetas, jarros y ollas de peltre, de hule, de barro y aluminio; comida para pájaros, arroz y pasta para sopa al granel; jabón y lejía que sirve para lavar y para curar llagas; piedras de cal para el nixtamal; pollos desplumados que cuelgan de un gancho y pescados que duermen sobre el hielo; camotes en miel y calabazas en tacha;

moles en pasta; charamuscas, pepitorias, ates y palanquetas, molcajetes, metates y comales; machetes y cuchillos, palas, molinillos y coladeras, hilos y listones gruesos y delgados, de tafeta y de algodón.

Recuerdo las tienditas en las orillas de los mercados, vendiendo pan Bimbo, servilletas Lys, aceite Uno-Dos-Tres, Choco Milk, cubitos de consomé Rosa Blanca y bolsas de Fab. Recuerdo las farmacias en las orillas de los mercados vendiendo Perlas Canín, aceite de hígado de bacalao, jabón del Tío Nacho, jarabe Breacol para la tos, levadura de cerveza y Emulsión de Scott.

Recuerdo el olor picante de los chiles, el olor suave del chocolate, el olor caliente de las tortillas, el rancio del jabón, el dulce de las flores, el intenso de las especias, el fresco de las hierbas.

Porque fueron las hierbas lo que más me gustó. Las había para cocinar, para la salud, para curar, para la belleza y para el amor. Fue en los mercados donde aprendí que el epazote, el perejil, el cilantro, la yerbabuena, el enebro, el hinojo, la menta, la yerbasanta, el acuyo, la mejorana, el tomillo, el orégano y las yerbas de olor sirven para guisar y que el anís sirve para la digestión, la jamaica para orinar, el tamarindo como laxante y la raíz de copra contra la diarrea. Que las florecitas de campanilla si se ponen bajo la almohada evitan el insomnio, lo mismo que la manzanilla en infusión. Que el té de corteza de guayacán limpia la sangre, las nueces la hacen enriquecer y los collares de oro la obligan a circular. Y que el sebo cura las inflamaciones, o por lo menos así lo decían en Jalisco: "Siéntate, Julieta, debes estar cansada; úntate sebito, por si estás rozada".

Pero lo más importante que aprendí fue que el pan de centeno sirve para desatar el corazón y que quepa la dicha y que las palpitaciones de felicidad se detienen con artemisa; pero que si en lugar de la felicidad lo que entra es el dolor, entonces la hierba de San Juan sirve para curar el corazón, la tila para los males de la pena y el clavo para anestesiar el dolor. Aprendí que el té de canela sirve para las emociones fuertes, la valeriana y el toronjil para calmar los nervios y la flor de árnica cocida en agua para el mal humor y el ánimo caído.

Pero lo más importante que aprendí fue que el hinojo es la perla de los afrodisiacos, lo mismo que la víbora de cascabel molida en metate, que se usa para dar vigor sexual. Que el jengibre y las raíces de mandrágora combaten la frialdad, que las hojas de mastuerzo y la nuez moscada remojadas en vino dulce sirven contra la impotencia, que la ninfomanía se cura con jugo de hojas frescas de sauce llorón, que la inflamación de los genitales masculinos se quita con agua de adormidera o con baños de sasafrás y que para las mujeres se hacen lavados vaginales con arrayán, para deshinchar y con agua de col y de romero para hacer chiquito el agujero.

Pero lo más importante que aprendí, fue que la hoja de capulín y la semilla de jícama son venenos que matan, que el toloache da el sueño eterno y que las flores de narciso amarillo no dejan respirar.

31 de mayo

¡Por fin se llenó la casa de huéspedes! Ya era hora. Un año te tardaste en buscarlos y encontrarlos, rechazarlos y aceptarlos, pero quedó. Me resultaste más exigente de lo que imaginé. A excepción de Palma, todos los demás inquilinos son hombres. ¿No será que nos parecemos más de lo que tú misma crees en nuestro gusto por el sexo masculino? En fin, el hecho es que me puse tan contenta que fui al Vips más temprano que de costumbre y pedí una hamburguesa aunque yo la tuviera que pagar. Me iba a dar ese lujo, pero hasta eso, tuve suerte, porque apareció el ingeniero y me la regaló. Ahora sí te espera una chamba dura, pero ojalá la aguantes mientras llega el momento en que te pueda alcanzar.

La verdad es que me está yendo bien. Te estoy mandando completo mi cheque y casi todo lo demás que saco. Cuando me regalan algo y lo vendo o cuando me invitan tantas cosas que no tengo que pagar nada, puedo juntar bastante.

¡Qué buena tu idea de hacer una comida para festejar! Don Tito, sus hijos, doña Genoveva y los huéspedes. Estoy muy emocionada y te mando mil besos y todo mi amor.

P.D. No me lo vas a creer, pero soy incapaz de responder a la pregunta de tu carta. Si te mandé esa postal de Querétaro fue porque las vendían en el mostrador del hotel, pero no porque hubiera mirado la ciudad.

Jamás salí del cuarto. Lo que sucedió es que yo tenía una cita en esa ciudad el viernes en la tarde, pero me fui desde el miércoles porque era feriado y con eso de los puentes no había ni un boleto para el camión. Y bueno, pues resulta que se sentó junto a mí un hermoso joven de esos de lentes y pancita, con libro y bigotes, varonil, tipo intelectual, que son los que más me gustan. Y pues ya sabes, entre qué horas son y qué calor hace, fuimos juntos tres horas atravesando planicies cafés con una puesta de sol que parecía de película y yo estaba en uno de esos días en que llevaba paz interior porque había comido yoghurt y leído las máximas del Gurú. Y a mi lado iba ese personaje y conversábamos como que sí y que no hasta que por fin llegamos a la terminal y nos despedimos y cada uno se fue por su lado. Pero de repente, el destino nos vuelve a poner juntos en la cola de los taxis y por si fuera poco, y te juro que eso yo no lo provoqué, el chofer nos sube a los dos al mismo coche que era el que iba al centro de la ciudad. Y ahí vamos; para ese momento yo algo nerviosa. Y me dice que él no conoce la ciudad y le digo que yo tampoco. Y me dice que él no conoce el hotel y le digo que yo tampoco. Y al rato nos bajamos los dos en uno que nos recomienda el taxista y antes de que yo pudiera siquiera respirar, él pide una habitación para el señor y la señora fulanos, que éramos él y yo. Y tu hermanita pone cara de sorpresa y luego se aguanta la risa y se avienta el boleto y se mete al cuarto, con un tipo que resultó un amante fogoso, un bebedor inagotable y un tragón empedernido de antojitos. De modo que la pasé muy bien, comiendo, bebiendo y todo lo demás, aunque encerrada todo el día y toda la noche y todo el siguiente día y toda la siguiente noche en el hotel. Cuando se pasa tanto tiempo juntos, se pueden probar muchas cosas, practicar muchas ideas, inventar y experimentar. Y a eso nos dedicamos en cuerpo y alma.

Pero por supuesto que el viernes en la tarde desaparecí sin dejar rastro, como hago todos los viernes, aunque no creas que no sentí feo hacerle eso al personaje después de que había sido tan generoso conmigo. ¡Con decirte que hasta me compró una pluma cuando a la mía se le acabó la tinta! Pero ni modo, los viernes en la tarde siempre me tengo que ir. Así que me fui. ¿Ahora entiendes de dónde salió la tarjeta?: la compré antes de salir del hotel.

¡Escríbeme y cuenta algo más interesante que tus necesidades de dinero y ese noviecito tuyo tan viejo!

28

Un día me llevaste por la Huasteca y cuando yo creía que estábamos en Hidalgo, tú dijiste que era San Luis y cuando yo creía que estábamos en San Luis, tú dijiste que era Tamaulipas.

Un día me llevaste al Mezquital donde casi no llueve y me dijiste que era el estado de Hidalgo y luego me llevaste a la sierra donde llueve todo el tiempo y me dijiste que también era el estado de Hidalgo.

Nunca me di cuenta de cómo pasábamos de la aridez a la vegetación. Así fue en Oaxaca y en Nayarit, cuando lo seco se volvía sierra, cuando la sierra se volvía trópico, cuando el trópico acababa en el mar.

Así fue en Ceboruco cuando íbamos por un camino de bosques y de repente era de piedras basálticas, sin nada de verde ni de frescor. Así en tantos lugares donde todo era plano y seco y de repente eran montañas y barrancas y luego ya estaba el desierto o la humedad del mar.

Me trajiste por los Altos de Chiapas y los bajos de Tabasco, por los altos y los bajos del mismísimo Jalisco, del mismísimo Querétaro. Un día te pedí que me llevaras a Puerta del Cielo y me llevaste a Cadereyta, te pedí ir a Tepeji del Río y me llevaste a San Juan del Río. Un día me dijiste que íbamos a Atotonilco y me llevaste a Hidalgo, que íbamos a Atotonilco y me llevaste a Jalisco, porque resulta que hay varios Atotonilcos.

Me enseñaste muchos lugares que se llamaban Etla, muchos que se llamaban Jalapa, muchos Ixtapa, Tuxtla y Mazatlán y muchos más que eran San José, San Pablo, Santa María y San Miguel.

Fuimos a Chacala y a Chacalilla, a Caleta y a Caletilla, a Iguala y a Igualapa, Tonalá y Tonalapa, Xochimilco y Tochimilco, Michoacán y Mechoacán, Taxco y Tlaxco, Pinotepa Nacional y Pinotepa de

Don Luis. Fuimos a lugares con nombres extraños como Maní en Yucatán, Mar Muerto en Tehuantepec, Purísima del Rincón y San Francisco del Rincón, que se llaman así por estar en un rincón entre Guanajuato y Jalisco, a Polotitlán de la Ilustración en el Estado de México, a San Felipe Torres Mochas, Arista de Luz, Lugar de Cinco Vientos, Espíritu Santo, Flecha de Aire, Marfil y Cañada de Negros.

Me llevaste por la Sierra para enseñarme la Peña de Bernal y la Peña Miller, Tolimán y Pinal de Amoles, Tilaco, Tancoyol y las misiones. Pero ninguna como la blanca de Jalpan y ninguna como la roja de Concá y ninguna como la rosa de Landa.

Me llevaste por la Península que corre junto al mar para enseñarme La Pasión y La Purísima, El Rosario y Rosarito, San Miguel y San José, San Pedro Mártir y San Ignacio, Loreto, Aconchi, Mulegé y Tubutama.

Me llevaste a Chihuahua para hablarme en Santo Tomás del Padre Kino y en Cabora de Santa Teresa.

Me llevaste al norte para que viera mi país el rico y al sur para que viera mi país el pobre, al norte para que viera mi país el árido y al sur para el exuberante, al norte para el calor seco y al sur para el calor húmedo. Y en todas partes el viento que limpia las ánimas, la luz del sol que penetra en el corazón.

Me llevaste a la costa del Golfo para que viera mi país el poblado y a la costa del Pacífico para que viera mi país el vacío, al Golfo para que viera mi país el del comercio y al Pacífico para el del turismo. Y en todas partes agua que limpia las almas, noches estrelladas que alivian el corazón.

Recorrimos la carretera que une a los dos mares, desde Matamoros hasta Mazatlán, con sus barrancas tan profundas que inspiran reverencia y recorrimos la carretera larguísima que une a las dos fronteras en el norte y en el sur, desde Tijuana hasta Comitán, con sus caminos tan rectos que adormecen.

Me llevaste cien veces al Bajío porque allá hasta las piedras y los cerros se santiguaban. "¿Ves esas dos cruces allá en la punta?", preguntabas y luego inventabas historias. No, no fueron cien, mil veces me llevaste al Bajío porque en sus huertas andabas buscando el olor de tu infancia en el membrillo, en el durazno, en el higo. "¿Ves esos ates?", me preguntabas y luego decías que no se parecían en nada a los de entonces, que eran transparentes, que eran dulcísimos. Me llevaste a Tabasco porque allá hasta la tierra y los ríos eran jacobinos y a Yucatán porque allá hasta el cielo se sentía como si fuera de otro país.

Contigo conocí la neblina en Perote, la nieve en Chihuahua, un ciclón en Vallarta, una inundación en Tabasco, la humedad en Chiapas, las curvas hacia San Cristóbal, la soledad de las montañas de Oaxaca, el verdor de Cuetzalan, el silencio del desierto de Durango y el sol, el sol maravilloso de Oaxaca, del Popocatépetl, de Baja California y de Veracruz, el sol como ninguno de Tonatico.

Contigo vi ciudades indígenas, coloniales, porfirianas y de hoy. Vi en Alfajayucan caminar a las indias con su trotecito; en Morelia, los faroles blancos y redondos de la plaza; en Cadereyta, las rejas cubriendo los ventanales como cortinas de encaje; en Monterrey, los edificios enormes llenos de vidrio. Eran cuatro tiempos los que me enseñaste, cuatro mundos, las cuatro historias de mi país, todas encimadas.

Contigo vi el color amarillo de Paquimé, el verde de Palenque, el rojo de Teotihuacan y el café de Monte Albán. Contigo oí el viento, vi el agua, la tierra, el cielo y la luz transparente, intensa y única de este país.

21 de junio
Mi queridísima hermana:

Siempre hay alguien que abre demasiado la boca. ¡Yo que creía que estando tan lejos no te llegarían los chismes! Si no te lo escribí, es porque no quería preocuparte y nunca imaginé que encontrarías a una paisana. Pero bueno, así de pequeño es el mundo.

Pues sí, estuve varios días hospitalizada, por golpes y contusiones. Hasta ahora había tenido suerte pero me falló. Y esa noche fue terrible. El inge vino por mí al Vips y yo no me quise ir con él, porque ya me cansaron sus reproches de que quiere que pasemos juntos los fines de semana. La mitad de la vida está enojado y me regaña, aunque la otra mitad la pasamos rico, salimos a bailar, cenamos muy bien, me hace muchos regalos y en lo otro es bastante bueno. Pero en fin. La cosa es que yo estaba harta y además, traía ganas de cambiar de aires. Pero entre tanta discusión, no tuve mucho tiempo de observar con cuidado y calibrar al candidato, así que me lancé con un tipo que estaba en la barra y le dije al inge que era mi hermano. El cuate me siguió la onda, nos deshicimos del otro y nos fuimos. Desde el principio estuvo agresivo, y eso no me gustó mucho, pero lo que nunca imaginé fue la golpiza. Durísima. Y porque sí, nada más porque le dio su regalada gana. Me pegó todo el tiempo que quiso y si no me mató es porque no se le antojó. Yo no me podía defender, estaba hecha una bola de adolorida. Ni siquiera pude gritar a ver si Gerardo me oía. Sólo lloraba y me tapaba la cara y luego perdí la noción. Desperté en el piso de la cocina, él se había ido, me dio gusto estar viva y me fui solita y por mi pie al hospital. Si la chismosa de Lucía se enteró fue porque tuve que pedirle que avisara de mi incapacidad en la oficina para que no me descontaran. Y la verdad, tengo que reconocer que se portó muy bien; me visitó, me trajo libros para entretenerme y arregló los trámites. Todavía se me notan algunos moretones y una cicatriz en el labio, porque el carnicero que estaba esa noche en emergencias no era muy cuidadoso y me hizo un tru tru bastante feo. Por primera vez en mi vida me compré un frasco de maquillaje para tapar esa marca. ¡Nunca me imaginé que eran tan caros estos potajes! Pero de otro modo me apena salir.

Bueno, pues ahora ya lo sabes. Yo no quise alarmarte ni a ti ni a tu señor ese tan bueno que tienes. Pero ahora ya te lo dije. Afortunadamente no pasó a mayores.

¿Cómo va el negocio? Después de ésta, ya no aguanto las ganas de irme para allá. Pero hay algo que me detiene y debo esperar. Ya sabes que en eso de las corazonadas yo creo a pie juntillas. Te mando un beso. Y las gracias por tu preocupación. Y dile también a tu don Tito que le agradezco el préstamo. No creas que no me doy cuenta de que se porta bien contigo, te ayuda, te acompaña. Se lo pagaremos a la primera oportunidad.

29

Quisiste que yo tuviera todas las artesanías que se hacen en este país y desde entonces te detuviste en cada poblado y en cada rincón para explicarme, enseñarme, comprarme y regalarme.

Primero fue lo sagrado. Me regalaste un Ojo de Dios, Cruz de Cristo, Árbol de la Vida, hecho por los huicholes con hilos de muchos colores; un Cristo de caña, una Virgen de lentejuelas, una cruz de madera, un angelito de barro negro, un santo de conchas, un milagrito de plata de Chalma y una imagen labrada en Guadalupe.

Después quisiste vestirme. Me compraste un huipil en Oaxaca, todo bordado de flores rojas y uno en Ojitlán con cuello de listón; una blusa bordada en Acaponeta, una de punto de cruz en Tzacan y una deshilada en Aguascalientes. Me compraste una falda de enredo en San Cristóbal, una falda con mariposas en Chicontepec, un enredo con rayas en Pinotepa de Don Luis y una falda de lana muy gruesa que dijiste que era para el invierno.

Me compraste una faja de seda roja en Xalalapan y otra en San Francisco Cajonos. Me compraste un quexquémetl bordado en Ciudad Santos, un rebozo de artisela color negro en Santa María del Río, uno en Calimaya con mi nombre tejido en una punta y el tuyo en la otra, uno de lana blanca en la Mixteca, uno color café en Angahuán, uno de algodón en Tenango y otro de algodón muy delgado en León, uno de color azul en Hueyapan de Morelos y otro de color negro en Hueyapan de Puebla.

Me compraste un suéter grueso de lana cruda en Chiconcuac, una manta en San Felipe Tlalmimilolpan, un jorongo en Calpulalpan, una ruana en Zacatecas, una cobija de lana en Pinos, un gabán con dibujos de pájaros en Xonacatlán, tres sarapes de Santa Ana Chiahutempan, uno liso, uno con grecas y otro con adornos de flores, un envoltorio grueso en Sonora y uno ligero de acrilán en un puesto por el camino.

Y cuando yo te pregunté para qué tanta ropa, me contestaste que el emperador Moctezuma nunca usó dos veces el mismo calzón.

Después de vestirme quisiste adornarme y me compraste unos aretes de plata en Taxco y un collar de oro en Tehuantepec, unos aretes de escamas en Ciudad del Carmen y unas filigranas en Palmillas, un collar de monedas en Juchitán y una cruz de plata en Yalalag, un prendedor incrustado de conchas en El Nith, unos aretes mazahuas y muchos collares de semillas, conchas, vidrios, chaquiras, lentejuelas y piedras de colores que vendían en todas las playas que me llevaste a visitar.

Y cuando yo te pregunté para qué tantas joyas, en lugar de responder, me regalaste una cajita de Olinalá que olía a linaloé para guardarlas todas juntas.

En Querétaro me compraste ópalos, en Jalisco amatistas, en Puebla ónix, en Pochutla coral negro y en algún lado coral rojo y hasta un hermoso jade verde. Pero lo más lindo fue la obsidiana de Teotihuacan, que decías que era el vidrio que salía de los volcanes.

Y cuando yo te pregunté para qué tanta piedra, me contestaste que hay mujeres que han heredado sus collares de vidrio de tanto tiempo atrás, que llegaron en el Galeón de Manila.

En Veracruz me compraste un peine de carey, en Moctezuma un cuello tejido a gancho adornado con chaquira, una bolsa de cuero en Suchiapa y otra con pelo de conejo en Valladolid, un morral de lana en Santa Ana del Valle, uno de hilo, uno de ixtle, uno de manta bordada y uno de red, un cinturón en Tantoyuca, uno con hebilla esmaltada en San Miguel, unos guantes de piel de becerro en Coscomatepec y una cartera de piel de Tlaxiaco, unas sandalias en Yucatán, unos huaraches en Sahuayo, unos zapatos de piel de venado en Zabancuy y unos de piel de becerro en León. Y después de eso ya no te pregunté nada porque sabía que tus respuestas nunca tenían que ver.

Entonces quisiste arreglar mi casa y me compraste muebles de madera blanca en Michoacán y en Colima y unos con incrustaciones en Jalostotitlán. En Jalisco compraste equipales de piel, en Tequisquiapan sillas de mimbre, en Morelos una mesa de vara y en Texcoco unas lámparas de fierro forjado con vidrio de colores. Compraste un cofre laqueado en Uruapan y un baúl viejo de madera en Puebla, un tapete de lana en San Miguel de Allende y un tapiz con dibujos en Teotitlán del Valle, un tapete de henequén azul en Yucatán, y un tapete de nudo fino en Temoaya que tenía un hilo chueco porque dijiste que no podía ser perfecto pues perfecto sólo es Dios.

Me compraste una colcha de lana en Valle de Bravo y unas cortinas de tela gruesa en Gualupitas, un mantel deshilado en San Juan de los Lagos, una cesta en San Juan, una olla de cobre en Santa Clara, un jarrón de mayólica en Guanajuato, una jarra pintada en Tecomatepec, una jarra de barro decorada y barnizada en Tonalá, que conserva el agua fresca y fría, un cántaro en Chililico, una olla para el mole en Valle, que conserva la salsa caliente y dulce, loza en Patambán, Talavera en Puebla, vasos de vidrio rojo en Tlaquepaque, una charola de barro decorada en Tala, una de madera de palo de rosa en Zihuatanejo y una batea en Quiroga. Llevamos muchas jícaras y guajes decorados con flores de

Michoacán, un comal de Santa Ana, un salero de madera de pino, uno de guayacán y uno de encino, palas, cucharas y molinillos blancos de Ixtapan, un tortillero de Metepec, un metate, un molcajete y otro comal.

Pero lo más lindo fueron las macetas de barro, lisas o adornadas, pintadas o incrustadas de conchas, de espejos y vidrios, de pedazos de plato. Y el sahumerio de Santa Fe de la Laguna lleno de copal. Y las hamacas, de seda en Juchitán, de ixtle en Berriozábal y una de hilo también.

Arreglé y adorné mi casa con barro negro de Coyotepec, verde de Atzompa, rojo de Ocotlán, vidriado de San José de Gracia, esmaltado de Tonalá. Puse un charro montado de Tlaquepaque, un Árbol de la Vida de colores de Metepec, tres diablillos rojos de Ocumichu, una foca de madera de los seris, un fruto vaciado y pintado de Chiapa de Corzo, un marco de hojalata y dos nacimientos, uno de cera de Salamanca y uno de barro de Metepec en el que había burros, camellos, beduinos, vendedores de antojitos y hasta un pobre pesebre situado en medio de bosques y lagos.

Y también juguetes me compraste. En Tehuantepec y en Apaseo el Alto fueron trompos, yoyos y una sonaja; en Janitzio fue un balero, una muñeca de Ameyaltepec y otra decorada en Zumpango del Río, unos luchadores de madera en Aguascalientes, figuras de carrizo en Nochistlán, casitas de corteza en Tepoztlán y una paloma de paja en Tzintzuntzan. Un ajedrez de hueso en Teocaltiche y uno de ónix en Tepeaca y muchas máscaras, una en Zumpahuacán, una en Santa Fe de la Laguna, una en Otzotipan, una en Tocuaro y una bordada en chaquira que hacían los huicholes.

Me diste un caracol grabado en Chabihan, un espejo de conchas en Acapulco y papeles de amate por montón: blancos y cafés, angostos y anchos, cortos y largos; en Guerrero, en Morelos, en Oaxaca, con sus dibujos de colores, sus iglesias, sus lagos, sus bodas alegres y sus borregos enormes. Y piñatas también compramos por montón: con sus formas de animales, con sus papeles de colores, con sus tamaños pequeñísimos o inmensos.

Y me regalaste, sin que te importa el riesgo, un machete en Zacatecas, uno en Chilapa y uno muy liso en Tecpan.

Cada vez te invadía más la locura. Cada vez me regalabas más ollas, jarros y jarras, cazos, charolas, cazuelas, vasijas y platos, útiles, ceremoniales y de ornato. Me regalabas mantas y cambayas, telas de lana y de algodón, lisas y pintadas, con rayas, con dibujos, con colores; cestos y canastas, piezas de latón de hojalata y de cobre, de fierro y de aluminio, de oro y de plata, de barro y de cerámica, de madera y de piedra, de espejo y de vidrio, de cuero, liso y pirograbado, de hilo, ixtle, mecate, cáñamo, y macramé, de obsidiana y de ónix, de palma y de carrizo, de estambre y de papel, de hueso y de pelo, de cera y de plumas, de conchas y de varas, de azúcar y de pan.

Y cuando yo te pregunté para qué tanta cosa, me contestaste que antes hacían también adornos de chicle y que ahora no los había más.

Me llevaste a visitar alfareros, ceramistas, orfebres, textileros. Me compraste tallados, estofados, moldeados, bordados, laqueados, pintados, esculpidos, deshilados, tejidos, decorados, soplados, horneados, cincelados, teñidos, martillados, recortados y picados. Me enseñaste un horno de barro, un telar de cintura y uno de pedal, tornos, malacates y molinos.

Y cuando yo te pregunté para qué tanta cosa, me contestaste comprándome un seis de enero una señorita de barro en Tehuantepec que servía para que me casara pronto y un azulejo de Dolores y un parquet de Zacatecas para cuando tuviera mi casa.

Y cuando yo te volví a preguntar para qué tanta cosa me contestaste que los primeros indios que se casaron por la iglesia fueron de Texcoco y los primeros mestizos que se casaron por lo civil fueron de Veracruz y era la hija de Juárez. Y yo no sabía por qué me hablabas tanto de matrimonio pero me emocioné.

Y entonces fue cuando me hiciste ponerme mi falda de enredo, mi blusa bordada y mi faja a la cintura y me cantaste pirecuas que decías que eran canciones de amor de Michoacán. Y me regalaste un huipil de Mecalapa todo bordado y brocado para que pareciera una virgen y un quexquémetl para que pareciera una sacerdotisa y un rebozo de dos colores azules y un collar de pescaditos para que pareciera una novia tarasca. Y cuando ya no me atreví a preguntarte más nada, porque tenía miedo de tus respuestas, entonces me diste un caracol como Quetzalcóatl, un espejo de obsidiana como Tezcatlipoca y una olla llena de pulque porque eso es lo que toman las mujeres después del parto.

23 de agosto
Hermanita:

Me tardé en escribirte porque ha sido para mí un tiempo muy malo. Tuve que hacerme un aborto y te juro que no existe nada más espantoso en la vida. Desde buscar al medicucho que lo quiera hacer hasta aguantar sus burlas y malos tratos y desde conseguir el dineral que cobra hasta vivir esa experiencia terrible; te aseguro que sufrí mucho. Pero ¿qué remedio quedaba? ¡Maldita sea! Sentí mucho miedo, al doctor, al dolor y a la muerte en la que nunca había pensado. Y encima, sola. Porque no podía contárselo a nadie y menos pedir que alguien me acompañara. Y por si fuera poco, todo sucedió unas semanas después de la golpiza aquella, cuando todavía estaba yo llena de moretones y sobre todo, muy deprimida.

Ya sabes, hermana, que a mí no me da por filosofar, ni por insistir en las cosas tristes o feas, pero esta vez te digo que esas lastimaduras no sólo afectan el cuerpo sino también el alma.

Total que estaba yo tan desmejorada, que la Tere sin hacer preguntas, me prestó su casa de fin de semana (una que tiene adelante de Cuernavaca) y me fui unos días para allá. Al principio me dediqué a dormir muchísimo, a comer bien y no te lo niego, a llorar bastante. Pero poco a poco salí del hoyo. Un día hasta me lancé al Vips más cercano, nada más para orearme, porque lo otro era imposible entre que traía yo una hemorragia fuertísima y que me daba miedo.

No sé si era por forastera, porque me veía muy fea y cansada o porque había enflacado demasiado pues me la pasé a puros líquidos tomados a popote por la boca tan amolada que tenía, el hecho es que nadie ni me miró y eso me dolió. Así que volviendo a casa me di un servicio completo de arreglo del cabello y uñas, me invertí unos pesitos en ropa y hasta un perfume compré. Necesitaba algo de seguridad para volver a trabajar. Y bueno, pues aquí estoy, escribiéndote esta carta antes de ir al Vips, por primera vez desde los accidentes. Confieso que estoy nerviosa, tengo miedo de que me duela, pero no puedo estar más tiempo así, me urge algo de dinero. ¿Tú crees que podré levantar señores otra vez a pesar de lo que pasó y a pesar de la cicatriz? (Con el maquillaje casi no se nota.) ¿Y qué tal si me vuelve a fallar el método que uso para cuidarme (ya volví a mis pastillas y jamás confiaré en otra cosa) y si me falla otra vez el olfato para elegir a los tipos y me llevo otros sustos?

Me da gusto que por lo menos tú estés bien allá y que nuestra casa funcione. Yo ahorita veo todo muy negro, pero espero que se hará la luz un día de estos. Saludos cariñosos de tu temerosa hermana desde esta ciudad en la que llueve muchísimo y todo se inunda. (Imagínate que cuando me fui no me di cuenta de que la ventana de la sala se había quedado abierta y no tienes idea cómo se mojó el tapete y cómo quedaron los discos.)

P.D. Te agrego estas dos palabritas al día siguiente, ya en el correo y antes de meter la carta en el sobre. Anoche levanté a un muchacho muy joven que se portó lindísimo aunque no me pagó. Pero eso no importa porque lo que yo quería saber es si todavía puedo seguir en este negocio. ¿Sabes? Ni cuenta se dio de la cicatriz y eso que usó mi boca, porque todavía no me animo a lo otro. ¿Saldré algún día de esta racha de problemas y miedos?

30

Después de eso ya no era posible nada más. Pero tú lo encontraste. Encontraste los ríos grises, fuertes y poderosos y me llevaste al Usumacinta en Tenosique, al Grijalva en Villahermosa, al Papaloapan en Tlacotalpan, al Coatzacoalcos en Minatitlán, al Tonalá en La Venta, al Pánuco, al Bravo y hasta a uno de piedra pómez en Amatitán. Cruzamos en el transbordador de Mazatlán a La Paz y de Playa del Carmen a Cozumel y me llevaste por los rápidos del Balsas, en donde vi un perro arrastrado por la corriente y un sombrero atorado en una roca.

Me llevaste al mar abierto de Tepic y a la bahía sin olas de Caleta. Me enseñaste las aguas tranquilas y los colores azules y verdes del Caribe y nadamos en el mar tibio de Zihuatanejo, mirando el horizonte infinito iluminado por el sol de la tarde. En Vallarta y en Campeche caminamos por el malecón, en Cancún, en Caleta de Campos, en Barra de Navidad, Careyes, Mismaloya, Huatulco y Akumal, fuimos por playas de arenas finísimas. Conocí la barra de Nautla, el estero de Sabancuy, el canal de San Blas con una vegetación tan tupida que impedía el paso de la luz. Vimos lodos hirviendo en Los Azufres, regaderas naturales en Molcajac, cascadas en Huautla, Sontigomostoc, Basaseachic, Jumatán, Eyipantla, Juanacatlán y La Mesilla, cascadas en Monterrey, en Avándaro y en Cuernavaca. Vimos la cascada de Uruapan, la de Atoyac, las de Cuetzalan y Misol Ha, en cuyos ojos de agua helada y transparente nadamos. Vimos lagos en Pátzcuaro, Chapala, Zirahuén y Cuitzeo, lagunas en Jalapa y Villahermosa. Estuvimos a orillas de Tamiahua, de Necaxa y de Tequesquitengo, en San Miguel Regla y en Guelatao que parecía estanque. Y en todas partes las lagunas se llamaban de las Ilusiones, Ensueño, Encantada.

Fuimos en lancha por Chacahua y por Coyuca mientras los pájaros chillaban en los árboles y por Celestún mientras los flamingos volaban. Fuimos por Mandinga que tenía manglares, por Catemaco que tenía changos, por Río Lagartos que tenía garzas. Fuimos por Nichupté, Xel-Ha y Bacalar que estaban llenas de peces y por las siete lagunas de Zempoala que estaban llenas de latas de cerveza. Me sorprendió Catazajá que se llena la mitad del año y se vacía la otra mitad y una laguna en Puebla en la que se revuelven aguas calientes y frías, aguas dulces y saladas.

Sí, me impresionaste con la naturaleza. Con los mares y los ríos, con las cascadas, los lagos y las lagunas, con los cenotes y las playas. Vimos el cenote sagrado de Chichén-Itzá que huele a sangre, el de Valladolid adentro de una cueva, el de Dzinup que llega al mar, el de Dzibichaltún lleno de niños. Nadamos en el ojo de agua enorme de Nu-tun-tun y en Ajacuba, Las Estacas, Tolantongo, Taninul, Atzimba, Taboada, Amahac y La Caldera. Nadamos en Agua Blanca rodeados del trópico y en Agua Azul en medio de la selva. Nadamos en aguas sulfurosas, termales, límpidas, turbias y dulces y saladas, aguas para beber y aguas para sanar, en Tehuacán, en Ixtapan de la Sal, en San José Purúa, en Cuautla. Nadamos en albercas en Oaxtepec, en Cocoyoc, en Puente de Ixtla, en Amatlán y Temixco. Metimos los pies en riachuelos sin nombre por todo Morelos, en arroyos que corren libres, en los estanques que forma la lluvia y en un pequeño charco lleno de sapos en Jiutepec.

Vimos muchas playas, en mar abierto y en bahía, de color amarillo, blanco y gris. Vimos puertos llenos de barcos y cargados de marineros, puertos de pescadores, mares que bufaban y puestas del sol que me despertaban ardores indecibles. Vimos arrecifes, manglares y conchas, rocas, arena caliente y aire azul.

Me llevaste a las grutas de Cacahuamilpa, a las de La Estrella, Loltún e Ixtepec, a las de Monterrey subiendo en funicular, las de Juxtlahuaca que tienen pinturas y murciélagos, las de Balancanchén con su espejo de aguas y las de Zapotitlán con sus ofrendas a brujos y curanderos. Y en todas partes había oscuridad, humedad, formas extrañas.

Me llevaste a conocer cañones donde el calor se hacía pesado y el silencio muy denso. El del Sumidero con los árboles agarrados a las paredes, el de San Pedro Mártir, el del Zopilote, de Chicoasén, del Diablo, del Lobo, de la Peña del Aire, del Espinazo del Diablo y los terribles de Baja California, sordos por el calor, llenos de puro silencio. Y en todas partes tuve una sensación extraña, un miedo fuerte.

El desierto lo vi por primera vez en Samalayuca, con sus dunas de arena y luego en Torreón y en Durango. No quisiste cruzar de día el de Altar porque decías que había fantasmas y no quisiste cruzar de noche el Bolsón de Mapimí porque decías que había sombras. Hablabas de estos lugares áridos y desnudos donde los viajeros extraviados deliraban y morían de sed. Pero ninguno de esos sitios fue como la zona del Silencio, llena de enormes tortugas y liebres, de fósiles y aerolitos, de estrellas en el cielo y cactos en la arena, lugar donde todos los ruidos se cortan y desaparecen.

Sí, me quisiste impresionar con la naturaleza y sí, lo lograste.

Me acuerdo de los volcanes, del Ixtaccíhuatl con sus rocas empinadas y sus cascadas, con sus vistas. Me acuerdo de La Malinche, el Pico de Orizaba, el Volcán de Fuego con sus fumarolas y su lava, el Nevado de Toluca, el Paricutín, el Xitle ya muerto y el Chichonal cuando revivió. Estuvimos viendo el Paricutín desde Charapan, el Popocatépetl desde Amecameca y el Nevado desde el camino a Valle de Bravo. Para mirar mucho tiempo el volcán de Colima, dormimos tres días en unas cabañas por la Hacienda de San Antonio, llenas de ánimas.

Me acuerdo de las vistas que me enseñaste. Las de la carretera que va de Durango a Mazatlán con sus cascadas, piedras y vegetación y las del camino que va a La Rumorosa, con sus rocas, montañas, desierto y mar. Me acuerdo de un oasis cerca de Loreto, de la Sierra Madre atrás de Nuevo León, de los acantilados en la punta de Baja California, de los arrecifes contra los que choca el mar en Isla Mujeres y en Palancar, de los corales cerca de Chetumal.

Me acuerdo de las rocas en el parque de Majalcá, con sus formas caprichosas, duras y agrestes, de las rocas enormes de El Chico, de las piedras encimadas en un valle de Puebla, de las planicies rocosas y sin agua de Coahuila, de las piedras brillosas llenas de minerales en Pachuca, de las piedras perfectamente redondas en algún lugar de Jalisco, de los prismas basálticos en San Miguel Regla, las piedras basálticas en la Sierra de los Órganos en Zacatecas y de los cerros de piedra que rodean a Tepoztlán.

Me acuerdo de las vistas hasta arriba de Cuetzalan y hasta debajo de San José Purúa. Me acuerdo del Valle de Apan lleno de magueyes hasta el infinito, del valle que se veía desde Calpulalpan ciego por el sol, del que se veía desde Xochicalco intensamente verde, del que se veía desde Monte Albán todo de color café.

Me acuerdo de los caminos que rodean a Campeche, a Guanajuato y a Zacatecas. Me acuerdo del cerro de la Silla para ver Monterrey, el cerro de la Bufa para ver Zacatecas, el cerro de las Perdices en Tabasco, el mirador del Espinazo en Mazatlán y un lugarcito desde donde se mira todo Pátzcuaro, con sus calles empinadas y sus techos rojos.

Me acuerdo de la naturaleza con sus humores tan cambiantes: de cómo llueve en la Sierra de Mixistlán, ese lugar tan abrupto, y en la sierra alta de Oaxaca y también en la tupida y chaparra de Huejutla y de cómo en cambio nunca llueve en el Mezquital de Hidalgo ni en el desierto de San Luis. Porque tú me quisiste impresionar con la naturaleza de este país. Por eso me llevaste a la Barranca de Cobre, a la punta de Baja California, al mar Caribe y al Popocatépetl. Y lo lograste y yo contigo y con este país enloquecí.

20 de septiembre
Hermanita, ¿cómo estás?

Con lo de los accidentes no te he podido mandar dinero, porque casi no he trabajado. Pero no es razón para desesperar y además, pues tu novio tiene para prestarnos y yo te garantizo que voy a chambear duro para pagarle. Así que por favor, ahórrate esas cartas tan frías y esos comentarios tan ásperos sobre tu necesidad.

Yo ya estoy bien, completamente bien. Tomó sus buenas semanas el asunto, pero ya pasó. ¿Sabes? Veo todos aquellos episodios como algo lejanísimo, gracias a Dios. ¡Imagínate que a veces hasta se me olvida taparme la cicatriz con el maquillaje! ¡Imagínate que ya ni siquiera me mareo con las pastillas!

¿Ya te conté lo que me pasó cuando volví al Vips? A lo mejor ya te lo escribí pero es que me emocionó mucho. Resulta que el gerente y las meseras se pusieron contentísimos de verme volver. Todos se acercaron a saludarme y me sirvieron la hamburguesa que ya saben que me gusta y no me dejaron pagar. ¡A veces está uno menos sola en el mundo de lo que se imagina! Claro que el gerente aprovechó para cobrar lo suyo y yo pues se lo di porque después de tanto tiempo, estaba muy necesitado el pobre. Luego dos de las muchachas se vinieron a platicar un rato conmigo porque andan con ganas de entrarle a mi negocio. Se sorprenden cuando les digo que no deben salirse del trabajo fijo porque ése es el único sueldo seguro. Es cierto que se cansa una mucho, pero de otro modo, los días que no cae ningún cliente o que caen muy pocos, la cosa se pondría muy desesperada y una acabaría haciendo tonterías.

Volvió el ingeniero aquel del que te había platicado. Dijo que me había buscado —seguro fue cuando yo me estaba reponiendo— y que me había extrañado y que se había dado cuenta de que más valía tener aunque fuera un poco de mí que nada. Yo me hice la ofendida, más por jugar que por otra cosa y no quise irme con él. Entonces al día siguiente me regaló una preciosa cadenita de oro y me llevó a un restorán carísimo a cenar. Tuve que ponerme mi único traje sastre, ese gris que dejaste tú, el que era el uniforme de tu banco. Casi se desmaya cuando me llevó a la casa a cambiarme y yo salí con esas elegancias, pero ni modo, no tengo otra ropa. Pero eso sí, iba muy de cadenita al cuello. La verdad es que después de tantas atenciones yo también lo traté muy bien. Al atracón de comida y bebida que él me obsequió yo correspondí con un agasajo de esos que luego durante dos días no se puede ni caminar. Así quedamos ambos muy contentos.

¿Sabes qué estoy aprendiendo?: a pedir lo que quiero. Todo el chiste consiste no en decirlo con palabras sino en hacerlo saber y que ellos lo entiendan. Si consigo eso, mi trabajo va a ser sabroso siempre y hasta me podré olvidar del techo de mi cuarto que de tanto verlo me lo sé de memoria.

Bueno, me despido. Escríbeme por favor, andas muy lenta en mandar cartas.

31

Y por fin un día me empezaste a enseñar a la gente. Indios en Cuetzalan vestidos de blanco, mujeres afuera de sus casas en Yucatán con sus vestidos bordados, un tarahumara de piernas ágiles, un mixe chaparrito, una india zapoteca muy sucia, niños semidesnudos con panzas enormes, mujeres nalgonas y oscuras en la costa.

En Tehuantepec las matronas gordas se cuelgan aretes y collares, en Jalisco los rancheros usan bigote y tienen la piel clara. Vimos negros en Pinotepa, chinos en Saltillo, italianos en Chipilo, judíos en Venta Prieta, españoles en Perote, gringos en Ajijic, libaneses en Actopan. Pero sobre todo vimos indios, indios nahuas y huicholes, huastecos y seris, mayas y zapotecas, purépechas y mazahuas, yaquis y mixtecos, tzeltales y tzotziles. Indios pobres, hambrientos, tristes y profundamente religiosos, que siempre eran morenos porque dijiste que el sol los quería más y por eso se les ponía tan cerca de la piel. Los coras tenían el cuerpo pintado, los tarahumaras tenían la cara pintada, los otomíes ya se llamaban hñahñús y a los triquis ya les decían driques.

Vimos a una mujer que cosía con una espina y a otra que se peinaba con un cacto. Vimos a una viejita que abría un canal en un maguey para tomarse el aguamiel, a un señor que sacaba biznaga para hacer acitrón y a muchos jóvenes que participaban en el tequio. Vimos gentes sembrando maíz, caña, almácigos de chile y frijol. Vimos gente juntando cochinilla para pintar de color su ropa, juntando nopal para teñirse de negro el cabello, gente rezándole a sus santos y a sus muertos, bailando en Chalma y andando de rodillas en Zapopan, pidiendo limosna, emborrachándose, vendiendo hierbas y animales. Conocimos a un campesino que daba masajes en Zihuatanejo, a un brujo en Catemaco y a un huesero en Yucatán.

Pero nada como aquella vez cuando acompañamos a los huicholes a comer el peyote en el cerro sagrado del Quemado y como aquella vez cuando fuimos a comer hongos con la vieja María Sabina en Oaxaca, que rezaba todo el tiempo sin parar:

> Soy una mujer que llora, habla, da la vida, golpea.
> Soy una mujer espíritu que grita.
> Soy Jesucristo, San Pedro, un santo, una santa.
> Soy una mujer de aire, de luz pura, muñeca, reloj, pájaro.
> Soy la mujer Jesús.

Me hiciste leer el *Popol Vuh* y el *Chilam Balam de Chumayel*. Me hablaste de Sahagún, Quiroga y Las Casas. Me llevaste a ver una obra de teatro que hacían los campesinos en Tabasco y una representación del *Rabinal Achí* en la que llevaban en sacrificio al héroe que aparecía desnudo. Me contaste que los aztecas fueron poderosos y cobraban tributos en sacos de sal. Me contaste que los chichimecas fueron peleoneros, que los lacandones no conocían el dinero, que los tarahumaras tenían veinte palabras para denominar el maíz, una para el ruido que hacen los cerdos al masticar y ninguna para decir familia o paz. Me enseñaste los baños prehispánicos en Molino de Flores, y me hablaste de un rey poeta y de sus palabras:

Aunque sea de jade se quiebra,
aunque sea de oro se rompe,
aunque sea de pluma de quetzal se desgarra,
no para siempre en la tierra, sólo un poco aquí.

Sabías de un diccionario que se escribió en el siglo XVI para el matlazinca-español y de otro que se escribió en el siglo XX para el tzotzil-inglés. Lo que no sabías es quién leía esas obras tan prodigiosas, aunque estabas segurísimo de que nadie. Si yo fuera su autor me suicidaba, dijiste. Me contaste que en Guerrero la gente se abraza de un árbol para contarle sus penas y que si éste se seca, la persona se alivia; que en San Luis Potosí se las cuentan a una piedra y en Chiapas a unos muñequitos hechos de estambre que se guardan en una cajita, si yo creyera en eso la vida me sería muy fácil, dijiste.

Y lo que saqué en claro de todas tus historias tan sagradas, de todas tus peregrinaciones, ofrendas, bendiciones, rezos y adoraciones, es que yo quiero vivir en Tlalocan, el paraíso hecho de agua, quiero que me ames tanto que por mí arriesgues todo como el señor de Chichén, como el señor del Popocatépetl, quiero que seamos toltecas para saber dialogar con nuestro corazón y teotihuacanos para saber convertirnos en Dios y mayas para saber adorar al Sol. Quiero que renovemos una y otra vez nuestro amor como Xipe Totec, que busquemos una y otra vez nuestro placer como Xochipilli.

Pero lo que también saqué en claro, y eso lo entendí mucho después, es que no se puede cambiar el destino ni siquiera con un espejo de obsidiana y que tampoco se puede provocar a los dioses con demasiada felicidad. Y eso era lo que estábamos haciendo.

30 de octubre
Hermanita:

Qué bueno que recibiste mi telegrama por tu cumpleaños. No te había escrito porque estoy muy ocupada, ya lo sabes, al punto que no tengo tiempo ni de ver mis telenovelas que tanto me gustan, porque si no duermo un rato en las tardes, pues no la hago. Eso además me ha alejado de las muchachas en la oficina porque ya no puedo participar de las conversaciones y como encima nunca jalo con sus planes de los fines de semana, pues imagínate cómo está la cosa.

Estoy trabajando muy duro, como si quisiera recuperar el tiempo y el dinero que perdí con los problemas que tuve. A veces voy hasta cuatro y cinco veces por noche al Vips, para aprovechar, aunque me sucede que por tanta prisa no me fijo bien y acepto cualquier cosa y luego no lo puedo soportar y ya no veo la hora de quitarme de encima al fulano.

Lo mejor que te puedo contar es que conocí a un arquitecto. Es un señor cincuentón, muy rico, que vivía en provincia, en algún lugar del norte y ahora se vino a la capital.

No lo vas a creer pero llegó al restorán y derechito se fue a mi mesa y se sentó como si ya nos conociéramos o le hubieran platicado de mí. ¿Se estará corriendo la voz sobre mis virtudes? Total que se sentó con su traje negro de rayas delgadas, con una camisa y una corbata que te desmayabas de lindas y el pelo cortado a la moda muy bien. No era guapo pero sí andaba muy bien arreglado y sobre todo era correcto y simpático. Yo no lo podía creer, tú sabes cómo me veo, cómo me visto (aunque últimamente he mejorado un poco), así que para nada combinaba un señor de ese tipo conmigo. Pero él vino y se quedó. Estuvimos platicando un buen rato y luego, cuando vio que yo estaba poniéndome nerviosa porque no nos íbamos, sacó un sobre y me lo dio. Me dijo que no me preocupara por lo del dinero, que él sabía de mi necesidad y que pagaría aunque fuera sólo por platicar. Y así fue. Cuando se levantó de la mesa a la una de la mañana, ya habíamos quedado de vernos otra vez y me había dado el equivalente de tres trabajitos.

Bueno, pues la siguiente ocasión se apareció con una señora que nunca abrió la boca pero que me estuvo mirando como si me encuerara, de arriba a abajo. Primero eso me chocó pero luego hasta me asustó. Por fin se fueron y para la próxima vez que nos vimos, el hombre venía cargado de cajas con vestidos de los más finos y elegantes para mí. ¡Entonces entendí las miradas de la secretaria esa midiéndome y calculándome! Me trajo dos vestidos, dos bolsas, mascadas, un saco y algunas blusas y faldas. Lo único que faltaba eran zapatos, pero me dio un vale para sacar dos pares en una tienda elegantísima y me advirtió que ya estaban escogidos los modelos y los colores —combinando con las bolsas y los vestidos— y que yo sólo debía írmelos a medir.

Total, que todo este asunto era para que yo acompañara al personaje a cenar a restoranes carísimos. Todos los jueves pasa por mí y me lleva a lugares atestados de gente y me regala perfumes y bebemos vino y pide platillos rarísimos y se la pasa saludando a todos los que conoce que llegan allí. Y de lo otro, nada. El chofer nos lleva a la casa, recibo un besito en la mejilla, mi sobre con buen dinero y adiós. ¿Qué te parece? El mundo está lleno de gente rara pero mientras a mí me paguen, no tengo por qué indagar.

Oye, ese muchacho que dices, el sueco, ¿de dónde saca dinero si no trabaja ni estudia? Ten mucho cuidado, sólo queremos huéspedes serios, si notas algo raro, de una vez despídelo. Más vale un cuarto vacío que un lío.

Escríbeme y acábame de contar la historia del francés porque me dejaste picada. Salúdame a don Tito. Dile que te ayude cuando tengas que sacar a alguien; él conoce las leyes de allá y es buena gente contigo. Besos.

P.D. Extraño a un amigo árabe que me lavaba con cuidado, me ponía una enorme bata de algodón y me hacía fumar unos humitos muy ricos que salían de una olla de cobre con una manguerita. Pero hace mucho que no viene, no sé por qué. Lástima.

P.D. ¿Qué pasó con las humedades de la cocina?

32

¡Cuántas historias te sabías! Me contaste de una mujer que tuvo muchos amantes, tantos que cuando inauguraron la estatua de un rey a caballo, se rió porque el animal tenía los dos testículos del mismo tamaño y dijo que por experiencia sabía que eso no podía ser. Me contaste cómo se enjoyaban las señoras del siglo pasado para creerse en París, cómo construyeron casas y teatros llenos de terciopelo en medio de la nada y en medio del calor para creerse en París y cómo una abusada les dijo que en París ya no se usaban los diamantes ni los rubíes sino solamente las perlas y todas le vendieron a precios de risa sus collares de piedras preciosas porque querían estar a la moda de París.

Dijiste también que había un conde tan rico que pavimentaba las calles con lingotes de plata y que hoy hay licenciados tan ricos que tienen casas con lagos en la sala o se mandan construir cascadas que prenden y apagan a voluntad como escenografía. Me contaste de un rico que construyó la iglesia de Taxco para agradecer la suerte de encontrarse una mina, de otro rico que compró y arregló la hacienda más grande de Jalisco y de un gobierno que construyó una biblioteca en Villahermosa mientras las casas de las gentes se inundaban con el agua del río una y otra vez.

Pero sobre todo me hablabas de libros. Un día me contaste de Sor Juana la monja:

> Amor empieza por desasosiego,
> solicitud, ardores y desvelos.
> Crece con riesgos, lances y recelos,
> susténtase de llantos y de ruego.

Otro día me contaste de Lizardi y Prieto que escribieron cosas divertidas, de Altamirano que hacía llorar y de Rabasa que hacía pensar. Un día me leíste a Azuela, otro a Rulfo el triste y otro más a Fuentes el elegante. Y de todo esto lo que más disfruté fue un libro gordo de pasta verde que contaba las vidas de Maximiliano, Carlota y Juárez, uno flaquito de pasta café que contaba la vida de Madero y otro sobre Pancho Villa. Y también disfruté los muchos poemas que me recitabas las tardes del domingo, echados en la cama, echados en el pasto, y que terminabas con el nombre de Nervo, de Acuña, de Huerta, de Lizalde y Paz, con el nombre de Sabines. "Sólo en sueños, sólo en el otro mundo del sueño te consigo".

Un día me enseñaste pinturas de Juan Correa en Durango, de Fernando Castro en Mérida, de Cordero, Clausel y Herrán y señores vestidos de negro de

Bustos. Me llevaste a ver paisajes de Velasco, campesinos hambrientos de Orozco, calaveras de Posada, sandías de Tamayo, y una enorme mujer desnuda de Rivera en alguna universidad. Pero nada tan alucinante como esos animales flotantes, en colores de barro, en texturas de tierra, en sabores de mito de Francisco Toledo.

Vimos tantos cuadros de niños muertos, de santos, de ricos, tantos paisajes, que ya todo se me olvidó.

Pero me acuerdo de las pinturas en la roca viva de Los Fresnos, El Zapote, Potrerillos, Cusarare y Misión. Me hiciste caminar horas bajo el sol, buscando Palmarito y San Borjitas, buscando la pintura blanca sobre las piedras de La Trinidad y la pintura negra sobre las piedras de Loltún.

Me llevaste a ver frescos en Ixmiquilpan, frescos en Actopan, frescos en Cacaxtla y murales en Tecamachalco. Pero nunca olvidaré cuando me subiste a una avioneta y en medio de la selva me enseñaste Bonampak, lugar de ceremonias, de muros pintados en colores rojos, amarillo y café, con señores y guerreros, con enormes figuras humanas llenas de belleza y de agresión.

Contigo conocí estudiantes, profesores, escritores, viejitos que sabían muchas historias, jóvenes idealistas que deseaban muchos cambios, líderes políticos y líderes campesinos, fotógrafos, ingenieros, curas, un alpinista y un buzo, un antropólogo, un historiador, muchos artesanos y muchos presidentes municipales.

¿Qué andabas buscando tú por los caminos? ¿Qué querías encontrar en los rostros y en las palabras de las gentes, en los paisajes, en los objetos y en los sabores? Lo único que saqué en claro de todas tus historias, de todos tus libros, cuentos y relatos, de todas tus gentes, es que para mí tu nombre es el más querido de los nombres.

2 de enero

Hermanita de mi alma:

Gracias por tu llamada, ¡me encantó! En el momento no supe qué decir de la emoción y sólo cuando colgué se me ocurrieron mil cosas que hubiera querido preguntarte y contarte. ¡Cuánto tiempo hace que te fuiste! Ya son más de dos años, casi tres. El primero sufrí mucho en las fiestas, posadas, Navidad y Año Nuevo, me sentía muy sola y triste, y en cambio esta vez se me pasaron volando.

En el teléfono te oías contenta. Se ve que te gusta tu vida, tu señor, los huéspedes, la casa. Qué bueno. También yo estoy satisfecha con mi vida.

Te cuento para que te mueras de la risa. Mi maravilloso arquitecto, ese que te dije que me lleva a cenar y me compra ropa pero nada de lo otro, me propuso matrimonio. Así como lo oyes, matrimonio. A mí. Yo me quedé fría, nunca hemos hecho nada, todo es puro cenar y platicar. Le dije que si se estaba burlando de mí porque él ni sabía quién era yo y me contestó que no era burla y que sí sabía pues había investigado todo, ¡hazme el favor! Me explicó entonces la verdad: que precisamente quería casarse conmigo porque yo no le exigiría nada. Él lo único que necesitaba era una pantalla, porque en realidad le gustaban los muchachitos (efebos dijo, pero como yo no sabía lo que era eso, pues me lo explicó), pero en su posición familiar y de negocios eso era muy mal visto y él no quería arriesgar. Así que su idea era poner una gran casa, con muchos sirvientes y fingir que tenía esposa para taparles la boca a las gentes. Y la esposa ideal era yo, que no me lo tomaría en serio.

Me dijo que yo podría seguir mi vida como hasta ahora y lo único que tendría que hacer, a cambio de que me mantuviera como reina, era acompañarlo a algunos lugares públicos —como hasta ahora— para que lo vieran con una mujer las personas que le importan y de las que depende su trabajo.

Te confieso que me conmovió su franqueza. Claro que tenemos dos meses saliendo y yo ya hasta me había acostumbrado a aceptarlo así, pero ni por un momento se me pasó por la cabeza la verdad. ¡Es siempre tan correcto y tan simpático! Comprenderás que lo escuché atónita y antes de que pudiera yo decir palabra, me dijo que lo pensara unos días para responder.

¡Ay, hermanita, casarme con él sería la solución ideal a mi vida! Tendría lo del dinero resuelto, alguien que me cuidara y con discreción, hasta podría seguir levantando señores que, la verdad, es cosa que me gusta. Y lo mejor de todo sería que no lo haría más que cuando tuviera ganas y ya no tendría que cobrar sino que podría escoger a mi gusto, por ejemplo entre esos estudiantes que me hacen suspirar pero que no tienen un peso.

Pero luego pensé que ya no tendría libres mis fines de semana que son los días que le dan sentido a mi vida, ni podría irme contigo a vivir en nuestra casa de huéspedes junto al mar. Así que la siguiente vez que lo vi le dije que no le entraba a su propuesta y le expliqué que tenía planes de irme de México porque tú me esperabas en Italia. Lo entendió bien y no se enojó. Es más, hasta me ofreció un arreglo. Ahora le presto la casa cuando quiere traer a sus muchachitos y me paga bien por esa ayuda. Yo sólo se la puedo dejar libre los viernes y sábados que no la uso, pero él dice que con eso le basta. Así que como ves, tendremos un poquito de dinero más que cobraré por el arriendo. Suena bien, ¿no?

Escríbeme por favor. Cuéntame cómo va todo allá y cómo andas tú. Besos. Y feliz año. Te deseo que sea uno muy bueno para las dos y que pronto estemos juntas.

P.D. Conocí a un torero. Es muy curioso, pero en el traje de luces se ve tan impresionante y desnudo el pobre era tan flaquito que hasta daba compasión o miedo de apachurrarlo. Pero a mi amigo le encantó, porque siempre le gustan desnutridos y desvalidos, así que se lo pasé sin siquiera preguntarle al susodicho y para mi sorpresa, no protestó y todos quedamos contentos.

33

Gracias a ti se me han quedado llenos para siempre los ojos de luz, de agua, de piedras, de sol, de tierra y cielo, de verdor. Para siempre tendré en mí nopales y magueyes, laureles y palmeras, ahuehuetes, encinos, pinos y robles. Para siempre tendré en mí flores de mil colores, frutas de mil sabores, objetos de mil usos, gentes morenas, tristes y flacas, gentes creyentes paradas frente a sus pobres casas de paredes de adobe y techos de palma.

Valles enormes y sinuosas montañas viven ahora en mí. Me acuerdo de la sierra Tarahumara con sus árboles altísimos, sus barrancas profundas y sus cascadas tumultuosas. Me acuerdo de parajes desolados, de bosques cubiertos por la neblina, del desierto y de los cerros que se levantan por todas partes, de los campos sembrados y verdes, de horas y horas por los caminos vacíos, el tiempo detenido y nuestro silencio, el sonido del viento, las nubes, la lluvia, la luz transparente. Tú y yo los callados, los conmovidos, los impresionados, los reverentes.

Me acuerdo de los caminos que recorren Baja California, mirando el océano azul infinito. Unas veces se nos alejaba y otras lo teníamos al alcance de la mano. Una veces eran montes escarpados y otras eran planicies. Siempre era una belleza abierta, sobrecogedora. Los acantilados y las rocas en la tierra y en el mar, que son el lugar primordial de todos los lugares. Las focas, las ballenas, las gaviotas que son los animales más libres de todos los que hay. Y al final del camino las aguas bravas, impetuosas de San Lucas.

Me acuerdo de los volcanes cubiertos de nieve, majestuosos. Los fuimos viendo durante todo el camino boscoso desde Chalco hasta Tlamacas y por fin en Amecameca los tuvimos aquí, frente a nuestros ojos, con esa luz que no existe en ningún otro lugar, esa luz y ese aire iluminados, translúcidos y luminosos, claros, delgadísimos, fríos y transparentes. Recuerdo las paredes rocosas del Ixtaccíhuatl, cubiertas de hielo o bañadas por cascadas, las vistas desde el Popocatépetl, la nieve en la punta del Nevado de Toluca, un cráter con dos lagunas y otro cráter con mucho frío.

Pero de lo que más me acuerdo es del día que dijiste que querías ver dónde nacía y dónde moría el sol y me llevaste muy temprano entre Orizaba y Toluca y ya de tarde entre el Citlaltépetl y el Xinantécatl, que así llamabas tú a los volcanes, y el resto del día lo pasamos en Ozumba porque allí decías que era el cenit del astro mayor.

Se me han quedado en los ojos lagunas de aguas clarísimas, rocas enormes y agrestes, mares embravecidos. Se me han quedado en los ojos sierras y selvas tropicales, mercados, iglesias, corales, manglares y conchas, ollas de barro, vestidos bordados. Y las gentes: tantos hombres y mujeres, tantos viejos, tantos niños morenos, flacos y callados. Los tengo y los tendré siempre en los ojos y en la piel, gracias a ti.

Dentro de mí han quedado grabadas nuestras peregrinaciones a los lugares más santos y de más fervor. El santuario de Zapopan con sus mujeres cantando, la iglesia de Chamula con sus indios tan tristes, el desierto de San Luis y el cerro Quemado con su peyote tan mágico. Y se han quedado grabadas nuestras peregrinaciones a los lugares donde está la historia: allí donde Hidalgo dio el grito de la Independencia en Dolores y allí donde lo mataron en Chihuahua, allí donde Maximiliano desembarcó en Veracruz y allí donde lo mataron en Querétaro, allí donde Juárez arrastró sus archivos y su gobierno, a donde Porfirio Díaz triunfó en Puebla y por donde se salió en el mar, allí donde nació Zapata en Anenecuilco y donde lo mataron en Chinameca.

De todos nuestros andares, de todo nuestro peregrinar, mucho me conmovió cuando fuimos a Comala a buscar fantasmas y ecos y cuando fuimos a la Huasteca buscando Tamoanchán, lugar del paraíso donde nació el maíz y cuando fuimos por los llanos de Apan, lugar reseco donde vive el maguey. Pero la principal peregrinación que hicimos, el camino más importante que anduvimos fue el que repitió los pasos de los aztecas, que salieron un día de Mexcaltitlán, cruzaron las arideces del camino, se detuvieron tres años en Pipiolcomic y luego no sé cuánto tiempo en Chicomoztoc y llegaron por fin a Tenochtitlan. Sólo que nosotros, a diferencia de ellos, no entramos a la ciudad...

15 de abril
Hermanita querida:

      ¿Qué vamos a hacer con la huésped embara-
zada? ¿Tú crees que se puede tener un bebé en la
casa sin que estorbe a los demás? ¿No cambia eso
nuestros planes? La verdad es que desde que aceptas-
te a una pareja joven, sabías que era el riesgo. Lo que
creo es que tú estás feliz con la idea del bebé y hasta
por eso les rentaste a Luigi y Palma. Tienes unas
ganas muy grandes de sentirte rodeada por familia,
por gente. Y lo entiendo, yo también a veces me
siento así. Bueno, pues espero que todo salga bien.

      No tienes idea de lo que es nuestro departa-
mento ahora. Si vinieras ni lo reconocerías. Mi
amigo el arquitecto al que se lo presto los fines de
semana, le ha puesto adornos y hecho arreglos que
no lo puedes creer. Puso un sillón nuevo en la sala,
le compró cabecera con buró a la cama, colgó cuadros y hasta surtió una cantina con licores y botanas
de los que puedo tomar lo que quiera cuando quiera. En el baño hay un espejo enorme, toallas nuevas, sábanas de telas delgadas en la cama, batas de
colores claros en el clóset y dos espejos con luz sobre el tocador. Y para que te asombres más, ¡hasta
una sirvienta que viene dos mañanas de la semana a
limpiar! Es un gran amigo y este arreglo me tiene
muy contenta. Es como una sociedad en la que yo
pongo menos, sólo mi lugar y mi discreción y eso él
lo sabe apreciar. (Aunque a veces hago más: le consigo a sus chavos, pero es una ayuda que no es fácil.
Él me señala cuál le gusta, yo lo trabajo como si

fuera para mí y cuando llegamos a la casa, se lo dejo y él me lo paga. Lo malo es que los chavos no siempre quieren.)

Respecto de mí, te diré que voy bien. Los lunes le pago mi comisión al gerente de Vips y luego me pongo a lo mío. Ese día y los martes y miércoles que estoy más descansada, alcanzo hasta siete y ocho trabajitos por noche. Si tengo suerte, me subo con grupos de amigos y como cada uno quiere varias rondas, o quieren varios al mismo tiempo, pues ya no tengo que volver a salir y aprovecho la noche completa. Los jueves son más irregulares. A veces salgo a cenar con el arquitecto para ayudarle a levantar lo suyo, o viene un amigo ingeniero que me lleva a bailar, o si no, pues tomo lo que caiga mientras dan las tres de la madrugada que es la hora cuando llega un señor al que le gusta verme con su amiga. Y los viernes, pues ya sabes que no trabajo, ni los fines de semana. (Aunque a veces los domingos en la noche cuando regreso, mi amigo tiene por allí a alguien que no quiso con él y me lo pasa.) La estoy haciendo bien, cada vez conozco más clientes, hago más servicios y gano mejor. Salúdame a don Tito, y felicítame a los futuros padres.

P.D. Gracias por tu tarjeta. Tú eres la única gente que se acuerda de mi cumpleaños. ¡Hasta a mí se me olvida!

34

Contigo conocí los trece cielos y los cinco soles, los cinco mares, los cinco colores y las cuarenta y dos razas de la planta del maíz. Contigo conocí los cuatro espacios y los cuatro tiempos, los cuatro elementos y los cuatro puntos cardinales que son las direcciones del mundo. Conocí tres sierras madres y un eje volcánico, las tres virtudes teologales que son la fe, la esperanza y la caridad y las tres virtudes cardinales que son la inteligencia, la memoria y la voluntad. Contigo conocí todas las frutas, todas las flores y todos los árboles. Conocí el sonido del viento y el color de la luz, la densidad del agua y la ligereza de la tierra, las mil especies de cactáceas que nacen en este país y las mil artesanías que hacen con sus manos los indios; los trescientos nombres del maíz y los trescientos veinticinco usos del cacahuate. Conocí los cuatro colores del mole, los cuatro del zapote y los cuatro sabores de las aguas frescas; los tres colores del pozole, los tres tipos de plátanos y los tres de tunas. Y también conocí las muchas variedades de frijol, los muchos tipos de chiles y de yerbas, las muchas suertes que se pueden hacer con un caballo, las muchas formas como se puede cocinar un cerdo y las muchas, muchísimas maneras de hacer el amor.

Tú me enseñaste los lugares de antier en los que Dios estaba en todas partes y los lugares de ayer en los que Dios estaba en el cielo y los lugares de hoy sin Dios.

Contigo aprendí que el maguey es sagrado, que el frijol es sagrado y que el pulque y el peyote también lo son. Pero aprendí que lo más sagrado es el maíz. Por eso supe que los Cristos se hacen de caña y que los primeros seres humanos se hicieron de maíz. Maíz causa de la vida, su gracia, alimento de los dioses y de los hombres, grano sagrado, planta divina, carne nuestra que naciste en Tamoanchán.

Por todos los caminos y por todos los lugares vimos el maíz, vimos el maguey y el frijol, vimos la caña de azúcar, vimos la fruta. Trepados en el cono volcánico de Xihuingo vimos los llanos de Apan con sus magueyes y sentí un enorme amor por este país. Trepados en las ruinas de Monte Albán vi la tierra seca y pobre y sentí un enorme amor por este país. En las cumbres de Telapon y en El Tláloc, vi todo lo que al ser humano le está dado ver y sentí un enorme amor por ti y por este mi país, país de cerros y volcanes, de milpas y magueyes, de colores y sonidos, de indios y de dioses.

20 de junio
Hermanita queridísima:

Oye, estoy muy agradecida con ese don Tito tuyo. ¡Hasta lo voy a aceptar como cuñado! ¿Cómo que no quiso recibir el pago del préstamo que te hizo? ¡Con el trabajo que me costó ganarlo! ¿Cómo que dice que lo hizo por amor a ti? En una de ésas de verdad te quiere. Por lo menos la ayuda que te ha dado ha sido muy buena. Dale las gracias de mi parte y bueno, pues guárdate ese dinero para tener unos ahorros por si se ofrece o úsalo para comprarte ropa o adornos para la casa o para completar la loza. En fin, tú sabrás. Veo que las cosas están marchando bien allá y además, me siento tranquila desde que el sueco te explicó de dónde saca el dinero, porque parece un buen muchacho.

Te agradezco mucho tu receta del espagueti. En cuanto la leí corrí a comprar los ingredientes y el mismo día me puse a hacerla. Me salió un batido porque soy una inútil para la cocina, pero el domingo en la noche cuando regresé, me encontré con que mi amigo el arquitecto la había preparado. ¡Qué cosa deliciosa resultó!

Oye, ¿te acuerdas del tipo ese flaco y largo de la planta baja que siempre nos saludaba tan amable? Bueno, pues el otro día vino a tocar el timbre como a las siete de la noche cuando yo me estaba arreglando para irme al Vips y me preguntó si podía pasar y antes que yo dijera nada, ya estaba sentado en el tapete para echarme un discurso sobre la salud, el yoga, la comida macrobiótica, el agua pura en grandes cantidades y las ventajas de la meditación. Al principio estaba yo medio inquieta porque ya me quería ir pero luego, por seguirle la onda, cerré los ojos y empecé a decir OM que, según él, es una palabra que da tranquilidad. Así me seguí diciendo OM y cuando lo había dicho como un millón de veces, me di cuenta de que en serio estaba muy en paz y que ya era tardísimo para ir a trabajar. Así que allí nos quedamos.

Terminé haciendo con él lo mismo que con todos, porque eso es algo que quieren hasta los gurús y los santos, pero como se fue sin pagar, ahora ya me hago la sorda y no le abro la puerta aunque se pegue al timbre. Por el ojito de vidrio veo su cara de rabia y desesperación a pesar de tantos Oms que sabe recitar.

El otro día me esperó hasta que salí pero le dije que iba al aeropuerto por mi marido. "¿Tu marido?", me dijo, "si tú no tienes marido; yo nunca lo he visto". "Pues ése es tu problema", le contesté, "aunque tú no lo hayas visto, yo tengo marido". Y me fui. No lo vas a creer pero me esperó a que regresara yo. Y cuando volví con mi cliente se puso pálido porque creyó que de veras era mi marido, así que nos dio las buenas noches y desapareció. ¿Sabes qué fue lo mejor? Que ayer llegamos al mismo tiempo. Se quedó viendo al señor con el que yo venía y como que le sorprendió que no era el mismo de la otra noche, pero no dijo nada y se siguió. Ahora ya ni siquiera nos saludamos. Bueno, te mando muchos besos. Escríbeme.

35

Quise agotar contigo todas las posibilidades, vivir contigo todos los excesos.

Te seguí por los senderos oliendo el polvo que guardaba tus huellas, el aire que guardaba tu olor.

Te seguí por las montañas mirando el pasto que habías pisado, la luz que conservaba tu imagen. Te seguí por todas partes, siempre dispuesta para el misterio de tu amor. Te seguí sin destino, sin plazo ni tiempo, sin orden ni plan, tuya a todas horas y en todo tiempo, en todos los momentos, en lluvia, en neblina, de noche y de día, siempre lista, siempre abierta, siempre entregada, tuya.

Fui la empapada en una tarde de tormenta, la acostada todo el tiempo y a cualquier hora, la que no conservó intimidad. Fui la que te entregó sus sueños, la que te esperó y la que te inventó. Fui la que vivió por ti, por los amaneceres contigo, por tu cuerpo, tu boca, tu pelo y tus dientes, por tus manos y tu olor, el olor de tus dedos que me habían recorrido, el olor de tus líquidos en las tardes.

Fui la sorprendida, la estremecida, la inquieta, la procaz, la temerosa. Yo y mi deseo, mi desasosiego, mi vergüenza, mi rabia, mi impudor. Tus besos fueron los primeros del mundo, tus brazos los primeros de la tierra, tu semen el único del universo.

Tú fuiste mi dueño, el que de mí se adueñó, el trenzado conmigo, el enredado conmigo. Tú que has sido mi medida del infinito, mi idea del absoluto. Tú que me has convertido en agua y en luz, en sudor y en calor, en sueño y en placer. Tú que me has besado, tú que me has llenado de leche, tú.

Todos los lugares y todos los recuerdos y todos los sabores y todas las memorias y colores y olores y sensaciones y sonidos sirven para invocarte a ti. A ti te he cantado mil canciones, te he dado mil veces las gracias, te he alabado en mil salmos. No he vivido sino para ti, como viven las enamoradas, como viven las locas, como viven las mujeres. Me he aferrado a ti sin saber lo que ocurre en el mundo, sin esperar nada, como las enamoradas, como las mujeres.

Yo me convertí en eso que tú querías, una apasionada, una loca, una enferma, llena de ímpetus y languideces, pasiones y ternuras, alegrías y calmas. Fui dos mujeres, diez mujeres para ti. Fui la aventurera y la que te quería retener, la ansiosa, la ridícula, la melancólica, la intensa, la sublime, la agitada, la poseída, todo eso fui.

Por ti elevé todos mis rezos, rezos para el Señor de la Coronación, el Señor del Perdón, el Señor de la Capilla, el Señor de la Salud, el Señor de las Agonías, el Señor de las Angustias, el Señor del Rayo, el Señor de la Expiración, el Señor del Calvario, el Señor del Nicho, el Señor del Huerto, el Señor del Sacromonte, el Señor de las Maravillas, el Señor de la Columna, el Señor de la Santa Cruz, el Señor de la Buena Suerte, el Señor del Pueblo, el Señor del Llanto, el Señor de los Trabajos, el Señor de las Tres Caídas, el Señor de las Cinco Llagas, el Señor del Santo Entierro, el Señor del Colateral, el Señor de la Consolación, el Señor del Desmayo, el Señor de las Misericordias, el Señor de la Esperanza.

Por ti elevé mis rezos y pedí al Cristo del Perdón, al Cristo del Buen Viaje, al Cristo de la Resurrección, al Cristo de la Transfiguración, al Cristo de la Exactitud, al Cristo del Veneno, a la Preciosa

Sangre de Cristo, el Divino Salvador, a Nuestro Padre Jesús, el Santísimo.

Por ti elevé mis rezos, pedí y rogué, di las gracias y canté a la Virgen de la Soledad, la Virgen de las Lágrimas, la Virgen de los Dolores, La Virgen del Perpetuo Socorro, la Virgen de la Caridad y la Virgen de la Misericordia, la Virgen de la Concepción, de la Purísima Concepción y de la Inmaculada Concepción, la Virgen de la Luz que arrebató al niño del demonio, la Virgen de la Rosa y la Santa Virgen de las Vírgenes, madre de la dichosa Gracia, madre del Creador, del Salvador, del Verbo Eterno, Casa de David, Puerta del Cielo, Arca de la Alianza, Madre Castísima.

16 de octubre
Feliz cumpleaños, hermana.

En tu última foto se ve que estás engordando. Yo no sé si es el rico espagueti que preparas o la tranquilidad que te da vivir como vives, pero allí parada en la cocina de nuestra casa, más pareces una matrona italiana que mi joven hermanita mexicana. Deberías de darte un buen corte de pelo y cómprate algo de ropa moderna en lugar de esos vestiditos de algodón floreado que son un horror. Después de todo, entre lo que te deja la casa, lo que te da don Tito y lo que te mando yo, tienes suficiente dinero para permitirte algo mejor.

Bueno pues yo aquí sigo. A veces creo que ya me está gustando esta vida. Me halaga que me miren y me gusta que me toquen. A mí, la condenada por la tía Greta por no saberme vestir y por tener unos kilos de más.

Conocí a un político que me lleva a fiestas de puro segundo frente. Me obliga a ponerme una peluca rubia con un peinado como de gitana. Hasta lentes de contacto de color azul me quería regalar pero a eso sí me negué. Atrás del coche donde viajamos nosotros, van siempre montones de guaruras que me dan más miedo que protección. Pero en fin, me pongo unos tacones altísimos y un vestido rojo chillón y vamos a cenas en las que ya desde el primer plato los señores están metiéndole mano a su acompañante y a las de los demás. La comida siempre es buenísima y abundante, luego hay baile con un grupo que toca bastante sabroso y ya de madrugada sucede lo demás. A mí me conviene porque incluye la cena y el baile —que son cosas que me gustan— y porque el tipo me paga muy bien. Además, a veces me gano algo extra porque cuando voy al baño no falta alguno que me siga y rápido nos encerramos sin que nadie se dé cuenta.

Conocí a un dentista que sólo quiere chupaditas, a un estudiante que quiere estar conmigo pero siempre acompañado de sus amigos que no hacen nada más que mirar, a un señor que quiere meterse por cualquier parte menos por donde debe ser, a una pareja de hermanos dulcísimos, muy jóvenes y tímidos, que se quieren más entre ellos de lo que me quieren a mí, a uno que se da servicio solito pero quiere que yo esté allí acompañándolo y a uno que, aunque te suene raro, trajo a su esposa porque el matrimonio les está tronando y él dice que si ella aprende todo irá mejor.

A veces viene a la casa un señor que quiere todo el tiempo la tele prendida y se queda viendo los anuncios y el noticiero y también uno que me habla de ecología hasta hacerme vomitar. Conocí a un tipo que sólo puede en el coche y a otro que sólo quiere de pie. Me he tenido que deshacer de algunos muy borrachos o muy violentos, de los que no se quieren ir jamás o que a la hora de la hora no quieren pagar. Y también de algunos tan aburridos que no se puede creer. Hay uno que antes que nada quiere cocinar para ponerse a tono, otro que se afana tanto que termina sudando como en clase de gimnasia y hasta me da miedo que se vaya a infartar aquí y uno más que no se desviste, ni los zapatos se quita, pero eso sí, se pone una máscara de luchador. De todo, hermanita, hay en la viña del Señor. Uno tiene que adivinar quién es quién y qué les gusta, si recatada o ardiente, si enfermera, sirvienta, compañera o mamá. Pero a mí me da igual porque ahora ya no cobro por trabajo sino por tiempo y así estoy tranquila y no me importan todas sus mañas ni todo lo que se quieran tardar.

¿Cómo es eso de que quieres contratar una cocinera? ¿No eras tú la que ibas a preparar todo para los huéspedes? En fin, si tú y don Tito creen que eso es mejor, pues adelante, yo no me opongo. Además lo que se ve es que él te quiere cuidar y que tiene dinero para hacerlo y eso está bien. Les mando besos y escriban por favor.

36

Porque te amé en el silencio y en el ruido, en el movimiento y detenidos, de día y de noche, semana tras semana y mes tras mes.

Te amé en el alba y en medio del mundo, a la hora del café y con todo y mi llanto. Te amé desnudo y abandonado y errante y compañero, perdido y dando vueltas infinitas y sin poder acabar de llegar.

Te amé en el tiempo y en los caminos, en la agitación y en la risa, en las horas que corrían lentas, echados y buscando. Te amé porque en tus ojos vi el paraíso, en tus manos sentí el paraíso, en tu sexo viví el paraíso.

Te amé porque fuiste mi vida, mi destino singular, mi aventura y mi paz, la inmensa quietud y la profunda entrega.

Te amé porque fuiste mi locura, mi borrachera y mi obsesión.

Te amé por cercano y por ausente, por alegre y por enojón, porque me habitaste y me llenaste y me obligaste y me hiciste mirar y me llevaste y me subiste y me montaste y me diste y me tomaste y me probaste y porque no me dejaste ir.

Te amé por eterno y por sabio y por demente y por hombre y por cansado y por sensual. Porque me turbaste y me incitaste y me violentaste y me hiciste ser tierna y ardiente y pasional. Te amé porque me dejaste hechizada y prendida, porque me desordenaste y me vaciaste y me hiciste grande, infinita, fresca, ilusa, loca, ingenua y feliz.

Y te amé porque me enseñaste este país, con toda su alegría y todo su amor, con sus colores tan vivos y sus artesanías, con sus edificios y sus comidas, con su gente de buen corazón.

28 de octubre
Hermana mía querida:

¿Qué es eso de que vas a tener un hijo? ¿De dónde, cómo, cuándo, por qué? ¡Ay, Dios mío!, casi me desmayo cuando recibí tu carta, ¡Un hijo!, ¡un bebé! Entonces, ¿tu gordura es por eso? Me dio tanta emoción que empecé a gritar de alegría y Gerardo corrió a ver si no me pasaba nada. Le conté y estaba muy sorprendido, ¿a qué horas se casó su hermana?, me preguntaba, ¿con quién?

Hermanita de mi alma, estoy muy feliz. Espero que si es niño le pongas el nombre de papá y si es niña el de mamá. O quizá puedes ponerle los dos nombres haciéndolos masculinos o femeninos según el caso, ¿no crees? Supongo que don Tito debe estar contentísimo. Yo también lo estoy. Me agrada que te cuide, que te haya puesto sirvientas para manejar nuestra casa y que ya ni siquiera te haga falta mi dinero. Cuídate mucho y come bien. Yo aquí, con lo que me empieza a sobrar, espero cambiarme a un departamento más grande aunque voy a extrañar mi ventana (nuestra ventana) llena de luz. Quisiera arreglarlo con muebles nuevos, que hagan juego, que combinen entre sí. Quisiera no llevarme nada de esta casa, todo está tan viejo, menos la cabecera, las mesas de noche y un sillón que trajo mi amigo el arquitecto. A él le pediría consejo para arreglar todo porque tiene un gusto excelente. Le dejaría un cuarto fijo para sus muchachos y yo tendría dos para mí, decorados de manera distinta según el ánimo y el señor o señores que tuviera esa noche, además de un cuartito para fumar los humitos que me enseñó hace tiempo un cliente árabe que hace poco regresó a buscarme y que cada vez me gustan más. ¿Qué te parecen mis sueños?

¡Ay, hermanita, te beso, te felicito, te abrazo, te pido que te cuides, te agradezco que me des un sobrino, ya no estaremos tan solas en el mundo y te mando todo mi amor!

37

Gracias, Señor. Gracias mil veces, una y mil veces. Gracias por los dulces de leche y por los puentes al amanecer, por los higos y los árboles y hasta por lo que no pude ver. Gracias por este cuerpo que supo recibir, gracias por mis deseos, por los fantasmas que pude invocar y las ilusiones que pude imaginar.

Gracias por él y por Chamula, por él y por Fortín, por él y por Monte Albán, por él y por Zihuatanejo. Gracias por él y por todo él. Por aquel día en el Real de Minas de Nuestra Señora de la Limpia Concepción de Guadalupe de los Álamos de Catorce llamado hoy a secas Real del Catorce y aquel día en San Luis Real de Minas del Potosí llamado hoy a secas San Luis Potosí y por aquel día en las siete colinas sobre las que se asienta Taxco y aquel en el valle en el que se acurruca Cuernavaca. Gracias por Puebla, por Guadalajara y San Cristóbal, por Querétaro, Tabasco, Veracruz, Cuetzalan y Cozumel. Gracias Señor, por cada lugar y por todos los lugares, por todas las camas y todas las aguas y todas las comidas y todos los caminos y toda la música y todas las palabras, gracias. Gracias por Purísima y por Tonanzintla, por las faldas del Ixtaccíhuatl y los acantilados de Baja California, por la laguna de Xel-Ha y los llanos de Apan, por el volcán de Colima y el Pacífico, por Tecalli y por Comitán. Gracias por Chinameca, por Jiquilpan, por el Cubilete, por Guelatao y por Yucatán. Gracias por las posadas, las fiestas, las procesiones, las Semanas Santas, las Navidades y las Candelarias que con él viví. Gracias por el barro y por las telas y por las flores y las frutas que con él compré. Gracias por las palabras, por los silencios, por las canciones, por las noches abrazados después de hacer el amor.

Gracias por cómo lo he amado, por mi éxtasis y mi ensueño, por mi encantamiento y mi calentura, por mi ternura y mi sorpresa, mi dicha y mi embriaguez. Gracias por la pasión, por la intensidad, por la felicidad. Gracias, Señor.

17 de diciembre

Hermanita queridísima:

¡En la foto te ves gordísima! No sé si es nada más el embarazo o también el exceso de esas pastas de las que hablas con tanto entusiasmo. ¿Qué te sabes suficientes recetas como para no repetir un año la salsa del espagueti? Pareces anuncio de restorán. ¡Pero no te las comas tú sola todas!

Me encantó nuestro nuevo huésped. La diferencia entre tú y yo ahora es que yo lo vi como posible cliente y tú como si fuera un hijo. ¡Cómo hemos cambiado las dos en este tiempo de separación! Tú ya pareces una buena italiana gorda y preocupada por darles de comer a tus gentes y yo aquí preocupada por darles también a mis gentes, pero no precisamente de comer.

El otro día en el Vips no había yo conseguido nada, una de esas noches que no cuajan y ya me iba a la casa como a la una de la mañana cuando me encontré al jefe con su esposa. Los dos parados en la cola de la caja. Se sorprendió mucho de verme a esa hora de la noche y fuera del recinto sagrado de mi hogar y me empezó a hacer preguntas. Entonces tuve que decirle que mi hermana estaba enferma y que yo había bajado a comprar una medicina y de paso, después de la farmacia, me había yo detenido a comprar cigarros. Debo haber sido muy convincente con mi cara de hermana compungida, porque la esposa me dijo que me tomara libres los días necesarios para cuidarte y no fuera a la oficina y echó un conmovido discurso sobre que en estos tiempos encontrar gentes solidarias y amantes de la familia era cosa excepcional y que si dos hermanas se ayudaban era todavía más excepcional. A saber la clase de familia que tiene la pobre que dijo todo esto, pero el hecho es que don Gabriel no pudo articular palabra, nada más afirmaba con la cabeza y yo, pues tuve tres días libres sin ir a trabajar y sin que me los descontaran y los aproveché para buscar departamento (que no encontré porque están carísimos) y para recibir más clientes, porque hay varios que ya me habían dicho que si les podría dar servicio en las mañanas porque en las noches tienen que llegar temprano a sus casas. (El otro día me mandó el jefe al banco y de milagro salí rápido porque no había cola, así que aproveché para hacer uno de esos trabajitos sin mucho adorno ni conversación, y luego le eché la culpa de mi tardanza a que había mucha gente en las cajas. Y por supuesto que me creyó.)

Ahora ya tengo tarifas diferenciales según lo que me pidan hacer, porque cada cosa me toma energía distinta y tiempos diversos y ya no estoy para regalar. Te confieso que me siento cansada. Tengo muchos clientes, estoy ocupada todas las noches desde muy temprano hasta la madrugada, y esto es un trabajo en el que hay que poner energía, voluntad, conocimientos. De lo contrario, no quedarían satisfechos o no volverían. Hay veces en que recibo ocho y hasta nueve señores, y con cada uno hago varios trabajos. Y a veces, cuando puedo, tomo alguno que otro de día o a media tarde, si salí temprano de la oficina, cuando no estoy demasiado cansada o si tuve un día libre como estos que me regaló la esposa del jefe. Pero lo bueno es que gano bien y la paso bien. Te mando un beso, escríbeme pronto.

P.D. Me parece adecuado que la señora Genoveva quiera vivir en la casa. Lo que no me gusta es que a fuerza le quieras dar mi cuarto dizque porque no hay lugar. Siento como si me quisieras sacar de nuestro plan. Tienes razón cuando dices que yo no tengo ni para cuándo irme, pero de todos modos, quiero que se conserve mi cuarto.

38

Pero un día las cosas se empezaron a poner difíciles. No quisiste llevarme a conocer los prostíbulos de Ciudad Juárez y yo me enojé. No quisiste llevarme a beber a los antros de Tijuana y yo me enojé. No quisiste ir a bailar a la zona roja de Acapulco ni dormir en un hotel de paso en Poza Rica y yo me enojé.

No quisiste empaparnos en tormentas ni dejarnos llevar por huracanes y remolinos hasta el fondo del mar. No quisiste dejarte llevar por la barra en el mar ni pararte bajo un rayo.

No quisiste ir al Puerto de Guaymas ni a los arrecifes de Palancar ni a las cavernas de Chankanab. No quisiste ir a Balamcanché a oír graznar a las aves, ni en primavera a Coyutlán para ver la ola verde y en diciembre a Catazajá para ver llena la laguna. No quisiste bajar por el Río Lagartos ni ir a las islas con focas enfrente de Mazatlán ni al paridero de ballenas en Baja California. No quisiste escalar el Popocatépetl para ver cómo se veía el mundo desde su punta ni ir al Chichonal para mirar de cerca una erupción ni acampar en las laderas del Ajusco para dormir a veces a la intemperie. No me dejaste comer más helados en San Francisco del Rincón ni nadar abajo del arco de piedra en Cabo San Lucas ni hablar por las esquinas opuestas del juego de pelota en Chichén-Itzá. No quisiste llevarme a las ruinas de Kohunlich ni a las de Cempoala ni otra vez a Comalcalco que se quiere parecer a Monte Albán ni a Yaxchilán que se quiere parecer a Bonampak.

No quisiste comprarle coral negro a los presos en Pochutla, ni ver cómo torcían tabaco las mujeres en San Andrés ni caminar por encima de las rocas para llegar hasta la playa privada de un hotel en Vallarta. No quisiste ir a los criaderos de tortuga, de lagarto y de cocodrilo, ni comer perro, sesos, serpiente y moronga ni tomar jugo de nopal.

No me llevaste a poner la cruz de ceniza en la frente porque era miércoles pero sí a bendecir una palma porque era domingo. No me compraste una mulita el día de los Manueles porque era jueves pero sí una calaverita el Día de Muertos porque era domingo.

No quisiste ir a Tapachula ni a Nuevo Laredo ni a Saltillo ni a Reynosa. No quisiste ir a Ojinaga ni a Matamoros, ni a Ciudad Victoria ni a Culiacán. No fuimos a Cananea después de tantas historias que me hiciste escuchar, ni a ciudad Sahagún a ver fábricas ni a Tecate a ver cerveceras después de tantas historias que me quisiste contar. No entramos a Iguala y nos quedamos a desayunar en un restorán del camino. No quisiste bajar a ver a los peces ciegos de las grutas de Coconá y nos quedamos arriba tostándonos al sol. No quisiste subir a caballo por el Paricutín ni por las lagunas del cráter del Nevado de Toluca ni quisiste ir a los aserraderos de Durango ni a pisar las alfombras de aserrín en Tlachichuca que están abajo del Pico de Orizaba. No quisiste tomar más moscos de miel y naranja en Toluca ni más margaritas de tequila y limón en Valle de Bravo ni más alfeñiques para endulzar la vida y más licor de coco para curar el corazón.

Y yo no quise ir contigo a Yucatán a ver maltratar a los cebúes, ni a Matlapaní a ver degollar a los gallos, ni te acompañé a cazar liebres y venados en Chihuahua, ni a las corridas de toros en las plazas ni a las peleas de gallos en los palenques ni a los juegos de béisbol en los estadios ni al museo de caza de Guadalajara, ni al naval en Veracruz. No quise comer garza ni iguana ni avestruz, tampoco comprar objetos de hueso de víbora en Sonora ni animales disecados en Vallarta ni mandíbulas de tiburón en Champotón.

No me dejaste comer raspados de colores y camotes en los carritos de las esquinas. No me dejaste montar en Ixtapan ni nadar en el mar abierto de Mazatlán. No me dejaste probar el pozol de los indios de Chiapas ni el chocolate de las indias de

Oaxaca ni el pulque de los indios de todas partes. No me dejaste comer elotes con mayonesa y queso en Jalisco ni tortas en vinagre en Guanajuato ni palmito de los árboles de Veracruz. No te quisiste detener en Coatzacoalcos ni pasar por Salamanca, te seguiste de largo en Tampico y en Gómez Palacio, no fuimos al transbordador del Papaloapan ni a Ensenada ni a Salina Cruz. Te enfureció el camino lleno de aceite de Poza Rica y el lleno de sal de Baja California, el camino lluvioso de San Cristóbal y el acaloradísimo de Monterrey, pero te encantaban las minas y a Real del Monte me hiciste ir una y otra vez. Te detuviste demasiado tiempo en Chinameca, en Guelatao y en Jiquilpan, buscando a los héroes de este país, en Comala y en Amatitán buscando a los fantasmas de este país y en mil otros lugares perdidos te detuviste buscando a tus abuelos, tíos, amigos y conocidos.

15 de diciembre
Hermanita:

¿Qué es eso que dices en tu carta? ¿Gemelos? ¿De dónde sacas tú gemelos? Acabo de llegar de mi fin de semana y me encontré el sobre con tu letra. Es domingo en la noche y estoy cansadísima de tanta carretera, pero no podía dejar de escribirte con esta noticia maravillosa. ¡Dios mío, para sorpresas contigo me basta en la vida! Dos sobrinos al mismo tiempo es algo difícil de digerir. Y su tía tan lejos, del otro lado del mar. Eso sí, los colores de la bandera son los mismos, eso me dijo el otro día Luisa la vecina (¿te acuerdas de ella?, enflacó tanto que no la reconocerías), para consolarme porque tú estás allá y yo acá, hazme el reverendo favor.

¡Ay, hermanita, pues a comprar dos cunas y dos carritos y dos sillitas y dos de todo! ¡Qué emoción!

Espero que todo salga bien, pero eso que te dijo el doctor de que el parto se te puede adelantar es algo que debes tomar seriamente en cuenta y cuidarte mucho. Por lo menos me tranquiliza que don Tito esté tan contento y te cuide tanto.

Dile a la señora Genoveva que sí estoy de acuerdo en que ocupe mi cuarto, total que es la dueña verdadera de la casa y además te quiere mucho y te ayudará con el trabajo de los huéspedes y con los bebés. Pero eso sí, cuando algún día yo vaya para allá, tendrá que devolverme mi lugar. ¡Felicidades!

Martes 17 de diciembre
Hermanita:

No te mandé la felicitación que te escribí hace dos días porque la verdad es que hace tanto que no te escribía, que decidí mejor esperar y de una vez mandarte una buena carta.

Yo estoy bien. Sigo trabajando igual, sin novedad. La semana pasada me sucedió algo divertido. Llego el lunes a la oficina y me manda llamar el jefe y me da una caja muy envuelta para que la abra "en cuanto llegue a mi casa" y "así me acuerde de él". Pues dicho y hecho. En la tarde, abro el regalito y me encuentro con un video ¡y nosotros que no tenemos la máquina para poderlo ver! Al día siguiente, cuando me mandó llamar para ver si me había gustado su "obsequio" casi se infarta al saber que no teníamos casetera, cómo puede ser, en estos tiempos y tal. Así que le dijo a su chofer que me llevara a la casa una de las que hay en la oficina, lo que el bueno de Juan hizo esa misma tarde. (Por cierto que siempre me pregunta por ti. Tienes pegue entre los viejitos.) Pero al día siguiente cuando quiso saber "si me había gustado su pequeño obsequio", le tuve que decir que no lo había podido ver porque no sabía manejar esos aparatos. No tienes idea cómo se puso. Estaba todo colorado y personalmente se salió de su oficina para ir a buscar a Juan y darle la regañada de su vida por no haberme enseñado a apretar los botones. Pero el pobre chofer había salido a recoger no sé qué cosas y no estaba en la oficina, así que entonces don Gabriel empezó a gritar por todas partes que quién podía ir a mi casa y enseñarme a usar un simple aparato de video a lo cual tímidamente levantó la mano Gómez (¿te acuerdas de él? Uno flaquito de lentes que tenía su escritorio junto a la cafetera) y encima le llovió un chubasco de palabras para que dejara lo que estuviera haciendo y fuera al videoclub y sacara una película cualquiera y fuera conmigo a mi casa y me enseñara cómo se usaba el aparato y que no se fuera de allí hasta que yo hubiera aprendido y que él le pagaría horas extras.

Luego se volteó y a mí me dijo más o menos lo mismo, aunque con suavidad, y bueno, pues allí vamos Gómez y yo a las doce del día rumbo a la casa muy callados y atemorizados. Para romper el hielo yo le propongo que nos detengamos cerca a comer unas tortas con una cervecita. Eso aflojó un poco la tensión y ya nos pusimos a hablar de la oficina, que si Fulano es muy desordenado o que si Mengano saca demasiadas copias.

Total, llegamos a la casa y Gómez pone la película que sacamos (que era la historia de una cieguita que sufría mucho, de esas que me ponen muy sentimental) y me explica que aquí se aprieta y allá se adelanta y esas tarugadas y luego me dice que ya se va. Entonces a tu hermanita se le ocurre pedirle que no se vaya porque si no veo la película que me regaló el jefe me va a costar la chamba y le cuento la historia y lo convenzo de que se quede a ayudarme. Y Gómez se queda. Yo le doy el caset y él lo pone y nos sentamos muy cómodos frente al televisor y de repente en la pantalla empiezan a aparecer muchas personas desnudas (si es que personas se les puede llamar a esas cosas dedicadas a mostrar sus intimidades a todo tamaño y color) haciendo toda suerte de piruetas entre sí y con otros que aparecían por allí, con muchos objetos diferentes y hasta con animales vivos. Gómez y yo no sabíamos qué hacer. No nos atrevíamos ni a mirarnos. Entonces yo le dije que detuviera ese horror pero él se quedó quieto como si nada. Fue cuando me acerqué al televisor a buscar el botón para apagarlo que sentí a Gómez (sí, el mismo flaquito y tímido de Gómez) encima de mí diciendo que veamos la película hasta el final y la practiquemos desde el principio. Y ni tonto ni perezoso empezó a hacer. Y yo te digo, hermanita, que el pobre de Gómez resultó no serlo tanto porque detrás de esas gafas tan gruesas hay unos ojillos malvadones y detrás de ese traje tan raído hay un señor bien dotado y con su buena experiencia. Así que allí nos quedamos, aprendiendo obedientes las clases por televisión y practicándolas mucho tiempo después de que el video se había terminado. Luego Gómez se vistió muy serio y dijo que tenía que ir a ver a su mamá.

Esa noche ni fui al Vips porque ya no podía más. Me di un buen baño caliente y me dormí.

Pero al día siguiente no sabía qué decirle al jefe en la oficina. Podía tomarlo de cliente o hacerme la enojada. Estaba yo pensando y todavía no me decidía, cuando veo pasar a su esposa que me saluda muy amable y me pregunta por la salud de mi hermana y que se me ocurre una idea. Me voy directo a la oficina de don Gabriel (a Catita le dije que él me había mandado llamar y como eso había sucedido varias veces, pues me creyó) y que entro (él se puso pálido cuando me vio) y delante de la buena señora le digo que aquí le dejo la película que me prestó y que no la pude ver porque la máquina estaba descompuesta y mi tía ya estaba harta de que estuviéramos moviéndole a la televisión sin dejarla ver sus telenovelas. El tipo no podía ni decir palabra hasta la respiración tenía atorada. Estaba nerviosísimo. Entonces, claro, la señora, curiosa como es, me preguntó de qué se trataba la película esa y yo sin inmutarme le dije que no sabía pero que el mismo don Gabriel me la había dado. Tartamudeando, él empezó a decir que era para organizar una actividad cultural en la oficina y hasta invitó a la señora a acompañarnos. Así que suspendimos labores y nos fuimos a la sala de juntas a ver la película. Claro que vimos la de la cieguita (que por suerte Gómez todavía no devolvía) y mientras todo mundo derramaba lágrimas y la señora se echaba un discurso —¡cómo le gustan esos rollos, caray!— sobre la importancia de actos de este tipo para conocernos mejor y convivir amablemente, el jefe sudaba porque de pura casualidad se salvó. Yo por supuesto sonreía con cara de beata mientras que el bueno de Gómez, que ya desde entonces no miraba de frente, ahora ni la cabeza levantaba del piso. He gozado tanto esta historia que por eso te la conté completa. ¡Creo que nunca te había escrito una carta tan larga!

Bueno, hermanita, se acercan otra vez las fiestas de diciembre. El viernes es el último día de labores y ese mismo día me iré fuera de la ciudad. Te deseo lo mejor para el próximo año, en compañía de todas las gentes que te rodean y que tanto quieres y de tus hijos que pronto nacerán. Como verás me estoy poniendo sentimental. ¡Estamos tan lejos! A veces me pregunto por qué todavía no me voy y no lo sé, hay algo aquí que aún me detiene. Cuídate y recibe muchos besos.

39

No pudimos detenernos en todas partes, en tantas selvas que había en el sur y tantos bosques que había en el norte, en tantos desiertos que había en el norte y tantas lagunas que encontrábamos en el sur. Pasamos de largo por los lugares, siguiendo nuestros caminos sin parar en todas las barrancas de la sierra y en todas las playas y bahías de la península, sin nadar siquiera en todos los cenotes de Yucatán.

No pudimos entrar a todas las iglesias ni a todos los conventos de este país, ni siquiera conocimos los de puras mujeres en Querétaro y en Puebla. No pudimos mirar todas las casas, asomarnos a todos los patios, detenernos en todas las chozas y edificios, ni siquiera en todas las ruinas regadas por los rincones y llenas de tigres, jaguares, serpientes, águilas, guerreros y dioses.

No pudimos quedarnos tanto tiempo en Loreto hasta sentir lo que sería vivir sin que el tiempo se mueva, ni quedarnos por horas entre los corales de Nichupté y entre los manglares de Coyutlán hasta sentir lo que sería vivir sin que el agua se mueva, ni quedarnos por días a meditar en el Santo Desierto de Santa Fe para sentir lo que sería vivir sin que el aire se mueva.

No pudimos ir a Mulegé porque los gringos que llegan en sus barcos ocupan todos los hoteles, ni quedarnos en Acapulco porque los gringos que llegan en sus aviones ocupan todos los hoteles ni por lo mismo quedarnos en Careyes ni en Huatulco ni en Cabo San Lucas ni en Cancún. No pudimos quedarnos a vivir para siempre en la Isla Contoy tan llena de aves ni subir de noche al edificio redondo de Chichén para ver las estrellas ni bajar a las profundidades de la tierra en la mina de la Valenciana ni pasar por el arco de piedra al final de las lagunas de Montebello, por donde jamás nadie ha pasado ni pasará. No pudimos siquiera pronunciar los nombres de tantos lugares de Yucatán, de tantos lugares de Michoacán, de tantos lugares de la Tarahumara.

No pudimos subir a la pirámide circular de Calixtlahuaca ni a las torres redondas de Los Remedios; no pudimos ver las maderas preciosas en las selvas de Chiapas ni conocer a los lacandones que ya son muy pocos, ni tampoco ir a la Isla del Padre, a la Isla Espíritu Santo, a las Islas Revillagigedo y a las Islas Marías.

No pudimos recordar a toda la gente que vimos y cuyos rostros se me han borrado, ni a todas las procesiones que seguimos cuando subían a un cerro llevando una cruz, cuyos cuerpos se me han olvidado. Cuántos quioscos vimos que ya no sé dónde están y cuántas fuentes en medio de los parques y cuántas macetas y blusas bordadas y canastas y sarapes que ya no sé de dónde son.

Martes 6 de mayo
Hermana mía muy querida:
Tu llamada de esta madrugada me movió el piso. ¡Tu voz sonaba muy diferente a como era en

mis recuerdos! ¿Será por la larga distancia o por tanto tiempo que ha pasado? No lo sé, pero sin duda la ocasión lo merecía. Tuviste dos hijos, una parejita de hijos, una parejita de bebés. No sabes qué gusto tengo. Se me pasaron los meses de tu embarazo pensando todos los días que te iba a escribir para preguntarte cómo estabas y luego no lo hacía, por tan ocupada que ando. Quiero que mis sobrinos sepan de su tía aquí, de nuestros sueños, de nuestro cariño. Prométeme que les vas a contar.

A veces quisiera también tener un hijo. Detenerme y empezar otra cosa. Vivir con el hombre que una quiere y formar un hogar. Yo tengo un hombre al que amo, te diría que con locura, del que tú sabes que nunca hablo. Con él me quisiera casar. Pero creo que eso no sucederá porque ni él dice nada ni yo estoy hecha para esas cosas.

Lo que me dijo don Tito en el teléfono me emocionó. ¿Cómo está eso de que me iba a mandar dinero para que me fuera al bautizo porque quieren que sea la madrina?

No puedo pensar en otra cosa. En México son las siete de la noche. Hoy fue un día hermoso, lleno de sol. Te escribo sentada en la mesa del comedor, de este nuestro departamento de siempre del que ya decidí que nunca me voy a salir porque le tengo mucho cariño. Estoy con una botella para brindar por la salud de mis sobrinos, por la tuya y por la de mi cuñado. Felicidades, hermanita, muchas felicidades.

P.D. Unas palabras más, al día siguiente:

Ayer me seguí brindando por la felicidad de mis seres queridos allá en Italia y acabé tomando una copa por ti, otra por don Tito, una por cada uno de mis sobrinos nuevos, unas más por los médicos y enfermeras del hospital y hasta por la señora Genoveva y los huéspedes de nuestra casa. Al rato ya estaba yo muy sentimental y me dio por brindar por mamá y papá, lo contentos que estarían de tener nietos y de saber en qué camino andas tú y lo furiosos o tristes que estarían de saber en qué camino ando yo. Brindé por los abuelos, por los tíos y los primos (¡imagínate como estaría yo que hasta levanté una copa por la prima Brenda!), por la vieja nana Lupe, por la Lady primera, la Lady segunda y los cachorritos. ¿Te acuerdas de todos? ¿Te acuerdas de nuestra familia y de nuestra casa y del parque? Estaba tan sentimental que me puse una santa guarapeta yo solita y por supuesto ya no fui al Vips y hoy apenas si me pude levantar y estoy con una cruda que para qué te cuento, no sólo física sino moral porque pensé en toda nuestra infancia, en toda nuestra gente, en los tiempos que se fueron y en lo incierto de los que vendrán. Y me dolió por esos sobrinos míos que tan lejos me quedaron. Te mando tantos besos como copas me tomé.

Otra P.D. ¿Te imaginas si me hubiera tomado una copa por cada uno de los señores con los que he estado? ¿o por cada uno de los servicios que he hecho? ¡Ésa sí que sería una borrachera sin curación!

40

Y entonces, precisamente cuando las cosas se empezaron a poner difíciles, descubrimos que la blusa deshilada no era de Aguascalientes sino del mercado de Tepoztlán, que el rebozo de Santa María no cabía por el aro de un anillo porque no era de seda sino de imitación, que el marco no era de plata sino de latón, el sarape no era de lana sino sintético, el mantel no era del mercado sino de una tienda, el pantalón de manta no lo hicieron los indios sino una gringa de San Miguel, las macetas no eran de mayólica ni las mesas de laca ni la vainilla era pura porque tres veces recorrimos Papantla y no la pudimos encontrar.

La mesa de varas la compramos en una esquina, los cojines bordados en una boutique, los platos pintados a mano en una fábrica enorme. Un día descubrimos que las nochebuenas eran de tela y no de verdad, que los granos de elote con chile eran de lata y no de verdad.

Y entonces pasó que un día nos dolió la garganta, un día tuvimos jaqueca y otro una infección intestinal. Un día fue una hemorragia, otro una caída, el tercero caspa y el cuarto salpullido. Un día nos dio una gripa muy fuerte y otro un cansancio atroz.

Cuando llegamos al Templo de la Consagración habían desaparecido el Cristo de Marfil. Cuando llegamos al templo de Potzontepec habían desaparecido dos coronas de oro, dos cálices, una custodia, dos crucifijos, un plato y un copón. Cuando llegamos a San Mateo Chichilapa había desaparecido un Cristo y un San José y en Santa Rosa de Viterbo una puerta del Sagrario, unos ángeles que acompañaban a la Virgen de la Santísima y muchas piezas más. En Ixtlahuaca, en Amecameca, en Santa María Rayón, en Almolaya y Atenco, en Temascaltepec y en Chimalhuacán faltaban imágenes y piezas, muebles y esculturas, retablos y pinturas que no estaban más. Y yo ahora me fijaba en todo eso, en todo.

Faltaban marfiles en las catedrales, Cristos en las misiones, reliquias en las iglesias, muebles en los conventos, joyas en los museos, libros en las bibliotecas, piedras en las ruinas, faroles en las calles y hasta fuentes en los jardines.

Un día llegamos a Tlacolula y había desaparecido el barquito de la fachada. Un día llegamos a Tula y habían desaparecido dos diosas. De Palenque, La Venta, Yucatán y Quintana Roo se habían llevado estelas, monolitos, cabezas, códices y piedras. Un día llegamos a Actopan y los ricos tiraban el muro del convento para construir sus casas. Un día llegamos a Guadalajara y los ricos tenían su casa amueblada con lo que sacaron de una iglesia.

La biblioteca de Yuriria estaba descuidada, muchos conventos estaban semiderruidos, muchas ruinas estaban abandonadas. Y yo antes no me había fijado en nada de esto, en nada.

26 de junio

Hermanita queridísima:

¡Qué lindo estuvo el bautizo! Tu carta lo describía con tanta exactitud que me sentía yo allí con ustedes en la iglesia y en el desayuno. Espero con ansiedad las fotos. ¿Qué se siente un bautizo sin tamales? Por el menú que serviste veo que ya eres toda una italiana y que además, estás feliz. Agradécele a doña Genoveva su ayuda y también a Palma. Las dos son muy buenas contigo. ¡Y pensar que al principio tú no querías a la viejita y yo no quería que tomaras una pareja de huéspedes jóvenes! ¿Cómo van ese par de gordos preciosos? ¿Qué tal tus noches y tus días con tanta nueva actividad?

Lo que me escribiste me emocionó. ¿En serio quieres que te siga contando mis historias? Ahora me da un poco de pena. Tú allá ocupadísima atendiendo a los niños, a los huéspedes, a don Tito y yo contándote mis asuntos con señores de acá. Pero tienes razón que leer mis cartas te entretiene y te saca de pensar siempre en lo mismo.

La verdad es que no sé bien por qué sigo en esto. El dinero tú ya no lo necesitas y yo, pues tengo mi sueldo de la oficina que me alcanzaría para vivir modestamente pero bien. Yo creo que ya me gustó este trabajo, creo que me gusta más que el de la oficina (bueno, eso no es difícil porque aquello es muy aburrido). En fin, que no me voy a poner filosófica ni le voy a dar tantas vueltas al asunto. En esto estoy y ya. Lo que pasa es que hace tanto calor que no se puede una ni mover y entonces... pues se pone a pensar.

Aquí te va la última historia. Se trata de Gómez. ¿Te acuerdas de él? Uno flaquito de mi oficina del que siempre nos burlábamos. Pues resulta que sin querer y casi por instrucciones del jefe, yo tuve una historia con él hace poco tiempo. Pues el otro día voy saliendo a mi hora de siempre y allí estaba esperándome en el camellón de enfrente con una bolsa de tortas igualitas a las que compramos aquella primera vez. Me conmovió su actitud y como me acordé que no estaba nada mal dotado, me lo llevé a la casa y estuvimos juntos dos horas. Lo malo es que no me paga pero imagínate si se lo pido, el chisme que se me armaría en la oficina. Así que me aguanto y él cree que soy una buena chica que sólo lo hace con él. A los hombres les gusta creerse eso. Confieso que hasta le estoy tomando cariño y que lo que hace conmigo, lo hace muy bien. A veces pienso que me debería casar con uno así. La ventaja es que se va pronto porque vive con su mamá y ella lo espera. Eso me deja tiempo para bañarme, descansar y en la noche ir al Vips. Aunque después de nuestros dos o tres raunds vespertinos, me cuesta trabajo recibir a otro cliente porque quedo bastante adolorida y lo único que quiero es dormir. Bueno, si tienes tiempo, escríbeme y si no, también y besa de mi parte a todos por allá.

P.D. El otro día vino un cliente con su chofer. No sabes la tristeza que me dio verlo al pobre allí parado, esperando a su patrón y muriéndose también de ganas. Estaba tan guapo que a mí se me antojó más que el señor, así que ¡cerré los ojos y pensé en él mientras el otro hacía lo suyo! Descubrí que ése es un buen método y pienso usarlo de hoy en adelante en lugar de mirar el techo y pensar en tonterías mientras mis clientes se afanan en lo suyo.

41

Y cada vez la cosa se ponía peor. Un día cuando llegamos a Tuxtepec la tormenta había destruido los platanares, el mango y el hule. Un día cuando llegamos a Jacaltepec el agua se había llevado un puente. Un día cuando llegamos a Ciudad Guzmán un temblor la había destruido. Vimos inundaciones en Tabasco y sequías en Nuevo León, un aguacero en Ciudad Valles y damnificados en Acatlán, vimos trombas, huracanes, una granizada en Tlaxcala y un ciclón en Tampico, ríos desbordados y cerros desgajados por los caminos, derrames de aceite y explosiones de gas.

Un día llegamos a Coahuila y se quemaron durante días los pastizales en el campo. Un día llegamos a Campeche y se quemaron durante días los pozos de petróleo en el mar. Un día llegamos a Salina Cruz y las tortugas estaban desapareciendo, a Chapala y el agua estaba desapareciendo. Llegamos a Puebla y habían deforestado los bosques, a Michoacán y habían talado los bosques, a la Lacandona y la selva estaba destruida, a Campeche y se habían llevado las maderas preciosas, a Pachuca y el maguey no existía más. Vimos lagunas desecadas, plagas de lirios, lagos muertos y peces enfermos, montes muertos y árboles enfermos en Cuitzeo, en el Papaloapan y en otros muchos lugares.

Vimos fábricas que echaban porquerías a los ríos, porquerías a los aires, desechos al mar. Ácidos y aceites, insecticidas y fertilizantes, plásticos y combustibles, líquidos y en polvo. Así era en las ladrilleras de Saltillo y en las cementeras de Tula. Y vimos también gentes que echaban porquerías a las playas, desechos al mar. Papeles y mierda, bolsas y latas, mil cosas más. Así era en la Bahía de Santa Lucía, en las aguas de Zempoala y en todo mar.

Vimos aguas negras que corrían libres, coladeras sin tapar, basura abandonada, ratas, bichos, alimañas, excrementos y hasta muertos sin enterrar.

Vimos una abeja que destruía las cosechas, un gusano que atacaba a las vacas, una plaga rosa que destruía a los árboles, una amarilla que atacaba a las palmeras y una marea roja que depredaba en el mar. Vimos ganado enfermo en Sonora y en Chiapas, cosechas destruidas por el temporal, malogradas por el temporal.

Vimos subir el tabaco a un avión y sacarlo de este país. Vimos bajar el maíz de un tren y meterlo a este país. Vimos subir el dinero a un avión y sacarlo de este país. Vimos policías que se llevaban a la gente y jueces que se reían de la ley. Por el norte vimos entrar cajas con televisiones y salir personas sin nada en los bolsillos. Por el sur vimos entrar personas sin nada en los bolsillos y salir cajas con televisiones. Vimos a niños que morían de epidemias, atacados por tuberculosis, paludismo y sarampión, por hambre y por deshidratación. Vimos niños con panzas hinchadas de bichos, niños desnudos y niños descalzos, niños que pedían limosna y movían la panza, que vendían chicles, cargaban bultos y robaban bolsas.

Vimos gente intoxicada con queso, con carne, con harina, con fresas, con lechuga y hasta con ajonjolí. Casas sin drenaje ni agua ni luz, tierras sin cultivar, niños sin escuela y jóvenes sin nada que hacer, mujeres con demasiado trabajo y hombres que se iban a la ciudad a buscar el sustento.

Vimos quemar llantas, pescar langostas y ostiones en tiempo de veda, barcos camaroneros encallados, una fuga de amoniaco, corrupción en los ingenios, maquiladoras en el norte y refugiados en el sur, leche rebajada con agua, contrabandos de madera, fruta que se pudría en vagones y bodegas y demasiadas cosas más. Todo eso lo vimos y lo notamos, lo sentimos, por primera vez.

15 de octubre
Hermanita de mi vida:

¡Tenías razón! En la última foto ya perdiste buenos kilos, si no te cuidas, esos bebés te van a chupar. Pero de la cara te ves muy bien, te sienta la maternidad.

Lo primero que quería es felicitarte por tu cumpleaños. Aunque pase tanto tiempo sin escribirnos, de eso no me olvido.

Yo estuve medio mal unos días. Resulta que me tocó un tipo que me propuso "hacerlo al modo chino". Yo no sabía lo que es eso, pero acepté porque me gusta probar cosas nuevas. Y sucedió que lo chino quiere decir tocarte y excitarte sin dejarte nunca acabar. Se supone que así guardas toda la energía y te haces inmortal. La primera vez me pareció delicioso. Él me hacía y yo a él. Pero ya para la quinta me dolía todo el vientre y no sabía cómo mandar a volar al personaje y aunque no lo creas, para deshacerme de él... pues le tuve que pagar. Así como lo oyes, por primera vez en mi vida tuve yo que pagar. Pero logré que el sujeto se largara de mi casa. Claro que después de eso me fui a correr una hora a Los Viveros y me bañé en agua helada y pasé el día siguiente comiendo puras verduras cocidas y jugos de frutas para que se me desinflara todo lo que el imbécil dejo atorado. Y de la energía que supuestamente iba yo a conservar, no había ni sombras. Total que pasé unos días con jaquecas tremendas, toda hinchada y adolorida.

Ahora ya estoy bien. Lo que me compuso fue que corriendo en Los Viveros conocí a uno de esos atletas que andan descalzos y hablan mucho de los músculos y la salud. En la noche cuando nos encontramos como habíamos quedado, me sacó del Vips y nos fuimos a pie hasta el parque de Coyoacán que ya estaba cerrado, pero nos saltamos la barda y tirados en el pasto estuvimos varias horas oyendo de lejos el tráfico de la ciudad. Era una noche muy fría y yo estaba feliz de sentirme al aire libre, como si alguien distinto se hubiera metido en mí. No es lo mismo hacer los trabajitos entre cuatro paredes o encima de una cama que así, en el pasto, en la tierra. Estuve muy contenta y repetimos varias veces, con largos descansos en silencio. Creo que el silencio es lo que más me gustó, pues casi todos mis clientes hablan y hablan sin parar. Pero de repente me acordé de los bichos que podía haber, o de las ratas que a lo mejor corrían por allí y me dio miedo y ya sólo me quería ir. Cada vez que me acuerdo de eso me da mucha risa.

¿Cuándo me mandas una foto de los bebés? Tengo ganas de conocerlos y no creo en esas supersticiones de Palma de que tan chiquitos no se les debe retratar.

Quiero que le expliques a don Tito, con la mayor suavidad, que me fue imposible ir a Italia para el bautizo. Por supuesto que quiero seguir siendo la madrina y le agradezco lo que hizo de que alguien me sustituyera con su persona pero con mi nombre. Y dile que también me siento muy orgullosa de que el padrino sea su hijo mayor. Ya mandé a hacer las medallitas y te las voy a enviar con un pariente de Tere que va al Vaticano. ¡Pero es que el tiempo se pasa tan rápido! Y ustedes bautizaron muy pronto. Está bien así, por la protección para los niños. Bueno, cuídate mucho y acuérdate a veces de tu hermana de aquí.

42

Empecé entonces a mirar, a notar, las tierras empinadas y agrestes, desgajadas, cortadas. Vi que la tierra en este país, que es el lugar sagrado que da el sustento, que organiza el tiempo, que sirve para trabajar, descansar, fecundar, morir y ser enterrado, era pobre y triste, era seca y pobre. Era ésta una tierra de milpas y chozas, de maíz chaparro y quelites, de frijol y chile, de tunas arrancadas al nopal y leches arrancadas al maguey. Sólo entonces lo vi. Vi los árboles quemados por el rayo y los árboles que enredaban sus ramas, las piedras, los pedernales y las peñas, el monte pelón, los yermos, el lodo y el polvo, los lomeríos vacíos, las sombras, los páramos calcinados, el salitre, la sal, el tepetate y la cal. Vi las semillas secas que no retoñan, las simientes que no se reproducen, las avispas que zumban y los nidos de víboras. Vi los órganos llenos de espinas y los zacates ralos. Vi los lugares donde nunca llueve y cómo en ellos se secan la tierra y las gentes y vi también los lugares donde siempre llueve y cómo en ellos se inunda la tierra y se enferman las gentes. Vi la tierra que no alcanza para todos y también la tierra ociosa, sin trabajar y vi la fiebre y el calor, la pobreza, la tristeza y el miedo, la gente que duerme junto a su machete, la gente que cree en brujerías, la gente que vive con fantasmas. Todo eso vi.

17 de diciembre

Hermanita de mi alma:

Gracias por escribirme, por insistir en no desconectarnos. Es curioso que tú estando tan ocupada encuentres tiempo para escribir. Yo, en cambio, todos los días me prometo que sin falta hoy mismo me siento a hacerlo y ya ves, cuando menos cuenta me doy, ya se pasaron no sólo las semanas sino los meses. ¿Cómo están todos? ¿Qué se siente ser mamá? Yo aquí estoy, sigo con mi trabajo. Cada vez me es más difícil decidir. Quisiera tener a todos los hombres del mundo. ¡Hay tantos sentados a la mesa esperando que yo los conozca, que no sé a cuál escoger o por cuál dejarme escoger! Me quedo mirando a aquel con su saco de cuadros que come una milanesa o al otro con un traje oscuro impecable que conversa sin demasiadas ganas pero con mucha cortesía o mejor al de la chamarra de pana que tiene cuerpo regordete, como de buena gente, o al de lentes de aro delgado porque esos siempre tienen una fortaleza detrás de su timidez, o al profesor universitario con sus pantalones de mezclilla gastada que lee el periódico, o a tantos y tantos que entran, se sientan, salen. Muchas veces hasta se me van las oportunidades de tanto estar viendo. Quisiera probarlos a todos y no me alcanza el tiempo, la noche se pasa rápido.

Ayer regresé al Vips por sexta vez como a las tres de la mañana, pero ya no pude levantar nada. Me fui entonces al sitio que está en la esquina y me subí a un taxi para irme a la casa. Y de repente que me fijo en el chofer, uno de esos señores fuertes y grandotes. Y me gustó. Así que mientras él iba tan tranquilo por las calles semidesiertas de la ciudad, yo sin decir palabra me fui desvistiendo allí mismo en el auto, despacito y en silencio, de modo que cuando llegamos y el buen hombre volteó a decirme "servida, señorita" casi se infarta. Inmediatamente arrancó, se fue a estacionar en un rinconcito oscuro y se pasó al asiento de atrás y bueno, pues estuvo genial en ese lugar tan incómodo.

Te lo cuento porque ésta fue la primera vez que probé a un trabajador y te confieso que no me desagradó, porque a la hora de la hora, lo único que cuenta es que lo sepan hacer.

Bueno, te deseo feliz año, salúdame a todos y cuídate tú.

43

Así empezaron las dudas, las torpezas, las ridiculeces, las desconfianzas, los miedos, los insomnios.

Sin saber por qué, lloré un amanecer en Oaxaca y varias noches en el cuartucho del hotel de Nautla, toda la mañana en el hotel de San Luis y toda la tarde en el hotel de Guadalajara. Pero nunca lloré como en Oaxaca, en las nieves de la Soledad y nunca como en Querétaro, echada en una cama con colcha de flores verdes, frente a unas cortinas de flores verdes. Sin saber por qué, empecé a llorar demasiado seguido.

Me había pasado los últimos trescientos viernes, trescientos sábados y trescientos domingos de mi vida imaginando que la felicidad era así, que la felicidad estaba en los caminos, en los hoteles, haciendo el amor; que la felicidad estaba en conocer mi país, en amarlo como te amaba a ti.

La felicidad era mirar un mercado, hablar con viejos en pueblos polvosos, viajar trescientos kilómetros para visitar un santuario, cien para comprar una olla o uno sólo por pasear. La felicidad era cuando no podíamos decidir entre ir a Mérida o a Monterrey, a Actopan o a Huejutla, entre salir a la calle o quedarnos a hacer el amor.

La felicidad era desnudarnos en los caminos para nadar en riachuelos helados, sentir el día y la noche, la lluvia y el sol, la tarde, el trópico, el desierto, y hasta un jardín.

La felicidad eran las noches de Navidad, los camiones que nos echaban sus luces enormes, las velas prendidas, los altares de tantas iglesias, las alubias que nos daban de cenar en el hotel. La felicidad eran las novelas que nos hablaban de este país, las películas que nos hablaban del pasado y las canciones que nos hablaban de amor. La felicidad era todo lo que sabías de los árboles, lo que contabas de los santos, las cosas que decías de Tabasco y Veracruz, oírte cantar por los caminos, mirar las plazas, comer en las fondas y comprar en las tiendas. La felicidad era una jícama con chile, limón y sal, unas fotos tomadas en cualquier esquina, las frutas dulces que probábamos, las tortillas untadas de cualquier cosa y sobre todo, tanto caminar. Nunca me acordé del tiempo que pasaba, no oí los ruidos de alrededor, nunca me fijé en las gentes que nos miraban. Jamás vi las cosas tristes, las cosas feas, las que sabían rancio y olían mal, las de mentiras o de imitación. La felicidad era así, sencilla, porque te amaba, deseaba, admiraba, soñaba, suplicaba, rogaba, agradecía. La felicidad estaba en mí porque estaba contigo y aquí, en mi país.

¿Por qué entonces empezaba ahora a ver y a notar las cosas feas, las que no funcionaban, las que morían, las que se echaban a perder? ¿Por qué empecé a sentir dificultad? No lo sabía, no lo supe entonces y tal vez nunca lo sabré. Pero en mí, algo muy fuerte sucedió, algo cambió.

15 de abril
Hermanita:

Gracias por tu tarjeta y por tu carta. ¡Tanto tiempo sin escribirnos! Sí, hoy es mi cumpleaños. Pero de eso que me dices, que ya no soy una jovencita y que debería sentar cabeza, no sé a lo que te refieres. Porque fíjate, cualquiera diría que lo correcto y lo normal es vivir la vida organizada y en familia como la que tienen los señores que me vienen a ver, ¡pero si vieras lo tristes e infelices que están! Yo en cambio estoy contenta, a gusto de verdad con mi vida, aunque no con toda ella, sólo entre semana, porque los fines de semana sufro mucho. Es como si fuera yo dos personas, una que está tranquila de lunes a jueves y una que se atormenta de viernes a domingo. Parezco el mes de diciembre con sus mañanas de sol y sus noches heladas.

Lo que dices del dinero es cierto. Pues sí, ya está visto que a mí me gusta este trabajo y que no lo hago sólo por el billete, para qué negarlo. Es más, el dinero es lo de menos. Me gusta el teatrito de seducir y de cambiar de personalidad según lo que quiera el señor en turno. Cada noche puedo ser otra una vez, seis veces, diez veces. Una soy ardiente y otra recatada, aventurada o remilgosa, fina o corriente, enfermera, esposa, sirvienta o mamá. O simplemente no soy nada más que una trinchera y me dedico a pensar en mis cosas o imaginarme que estoy con un hombre que me gusta (porque ya aprendí eso en vez de mirar el techo).

Hasta ahora he tenido buen ojo y buena suerte. Es cierto que hay gentes desagradables, pesadas, violentas, con malos olores o groseras, pero cosas feas casi no me han pasado. O más bien, tengo un carácter que me hace olvidarlas pronto. ¿Te acuerdas que la nana decía que eso iba a ser mi salvación? Pues lo ha sido, porque si yo me acordara de todo lo feo que veo en este trabajo ¡imagínate donde estaría!

Los hombres que tengo como clientes son normales y hasta buenas personas y lo único que quieren es un ratito de sensaciones agradables, de aventurilla, de pecadito, para luego regresar a sus casas, a sus vidas y a sus mujeres. Claro que hay los que quieren alguna cosilla medio rara, pero incluso esos son bastantes medidos en su idea de lo que quiere decir, porque no te olvides que los recojo en un Vips. Lo más tremendo que conciben es estar de a tres, ponerse algún disfraz, pedirme que haga una posición extraña o sólo querer ver. Y ya para esto necesitan estar o hacerse los borrachos y hablar hasta por las orejas. A mí nada de eso me molesta. Nunca he tenido quien quiera drogas fuertes ni sadismos. Una sola vez un tipo me golpeó pero de eso hace mucho tiempo, por ahí se me nota apenas una cicatriz en el labio. Una sola vez tuve un amigo que me enseñó a fumar un humito, pero también de eso hace ya mucho tiempo y era cosa tranquila. Una sola vez quedé preñada y pasé por el horror de un aborto (¡gracias a Dios que eso existe!), pero nunca más me descuidé. Y si me encuentro con que alguien quiere hacer algo que me desagrade, pues simplemente lo mando de paseo.

Mi negocio marcha bien. Le pedí a Gerardo (¿te acuerdas de él?, un vecino que siempre estuvo enamorado de mí) que suba todas las noches y se quede aquí viendo la televisión. Eso hace que los clientes sepan que no estoy sola. Y él no molesta nada, se queda calladito, ¡hasta me olvido de su existencia! Una sirvienta que venía dos veces a la semana ya está de planta para mantener todo en orden y limpiecito como me gusta. Así que como te darás cuenta, las cosas están bien. Gracias por interesarte y preguntarme. Yo creí que después de tanto tiempo que ha pasado y con tanto quehacer entre hijos, marido y huéspedes, ya no ibas a pensar en mí. Pero gracias por preocuparte y gracias por escribirme aunque sea de vez en cuando. Recibe saludos muy cariñosos para ti y toda tu familia.

P.D. Me seguí pensando en lo que dices de la vida estable y de sentar cabeza. ¿Tú crees que yo estoy hecha para eso? Fíjate, tengo un cliente que de plano me trajo a su esposa para que yo le enseñara cómo hacer divertida su vida matrimonial. Tengo otros que traen a sus hijos para que "la pasen bien antes de casarse" (así dicen). Veo las caras de mis compañeras de oficina o de las meseras del Vips. ¿De verdad crees que ése es el camino?

Otra P.D. Estoy en el correo. Pasé una noche muy triste y azotada. Me pegó duro lo que me dijiste de mi vida y de mi futuro. Además, pensé mucho en ti. ¿Crees que algún día nos volveremos a ver? Haciendo cuentas veo que mis sobrinos ya van a cumplir un año y yo no tengo ni para cuándo conocerlos.

44

No, no es cierto. Todo sigue igual, nada se ha descompuesto, nada se ha puesto feo. Yo te amo, no quiero en esta vida más que tu presencia, nada en este mundo más que estar contigo. Tú eres el punto absoluto de toda partida y de toda llegada y yo no puedo, yo no quiero separarme de ti.

Yo, la que ha sentido celos. Yo, la que ha tenido dudas, miedos, culpas. Yo, la que ha atisbado tus pasos, escuchado el sonido de tu respiración, olido tu ropa, esperado mientras vas al baño. Yo, la que siempre quería más, la que siempre te extrañaba.

Soy una que no se reconoce, que no se sabe mirar ni se puede oír. Soy una que ha perdido su alegría, que vive en la desesperación y el desasosiego. Soy una que no cabe en su cuerpo ni puede dejar pasar el tiempo.

Fui dos, tres, diez mujeres para ti. Todas las mujeres que tú querías yo las fui. Con tal de que nunca te enojaras, nunca te alejaras, que nunca volviera esa tu mirada ausente. Y le pedí al Señor: ten piedad de mí, ten piedad. Piedad de la que delira, de la que tiene esta obsesión, esta enfermedad.

Porque yo he tenido contigo una obsesión, una enfermedad. Por retenerte anduve por los mercados pidiéndoles a las marchantas ayudas, emplastos, cataplasmas y tés. Para que me amaras, para que nunca miraras a otra, para que jamás te fueras, le recé a todas las vírgenes y a todos los santos. Y para soportar tanta angustia probé la acupuntura, las calabacitas crudas, los masajes de relajación y las técnicas de grito, las galletas de avena y las pastillas de miel. Probé respirar hondo, aullar a todo volumen, brincar y correr. Hasta probé llorar. Pero tú no te diste cuenta, tú nunca supiste nada de mí.

15 de octubre

Hermana, hermanita:

¿Qué es lo que dice tu carta? ¿Embarazada otra vez? ¿Y ya en el cuarto mes? ¿Y por qué no me habías avisado?

¿Qué te pasa? ¿Hasta dónde piensas llegar? ¿No te parece un exceso? En fin, que si como dices don Tito quiere reponer el tiempo perdido y si a ti eso te gusta, pues bueno, ustedes sabrán lo que hacen, pero yo creo que es demasiado y además, ¡ya no va a quedar lugar para mí en esa casa!

Yo aquí sigo dándole, cada vez con más intensidad y te diría que con más gusto. Conocí a un viudo que me costó mucho trabajo porque le daba por llorar; a uno que exigía que le pusiera el condón y gozaba más en esa ceremonia que en lo demás; al director de la facultad de veterinaria que ofrece animales para usos diversos; a un tipo que se disfraza, algunas veces de soldado, otras de cura y otras veces se envuelve en la bandera nacional y se ríe tanto que no lo podrías creer; a uno al que sólo le gustan los servicios manuales; a un profesor que me explicó detalladamente en qué consisten los principios de la visión marxista de la estética y cuando me estaba durmiendo se acordó de que yo no era su alumna y que conmigo venía a otra cosa; a un cirquero que realmente me sorprendió porque tenía un cuerpo de chicle para doblarse, subirse y colgarse; a uno que es encargado de llenar la letra G en un diccionario enciclopédico; al que supervisa que le saquen punta a los lápices de colores que luego venden carísimos en estuches de terciopelo verde (me regaló una caja con treinta y seis como esa que siempre soñábamos en la primaria); uno que pinta cuadros con aerosol y los vende los domingos en los parques; al gerente de un café que está mejor que el mío del Vips; a un muchachito que es cantante de cierta fama y que se acomoda el pelo una y otra vez y también a uno de esos que siempre se queja de alguna enfermedad y que se le quita con cualquier pastillita. Lo peor que conocí fue un gringo que hace todo de manera tan aguada que me aburrí muchísimo, a un funcionario de la universidad que organiza fiestas con mucha gente y alcohol pero yo en eso no me vuelvo a apuntar, pues prefiero aquí en mi casa, y a un pintor muy famoso que me coloca en posiciones raras durante horas para dibujarme y hace que sus gentes vengan a ver, pero luego, a la hora de lo demás, no puede (aunque mi amigo el arquitecto dice que alardea como si fuera el mejor. Creo que hasta escribe en el periódico). Pero los que más me han gustado últimamente, han sido un flautista que me daba hermosos conciertos en los descansos, un negro con unas nalgas durísimas y un mudo que me hizo sentir lo que es el silencio, el verdadero y profundo silencio de la noche. Y eso me encantó.

Dile a la señora Genoveva que cuelgue lo que quiera en el cuarto porque tendrá mucho tiempo para usarlo, pues yo todavía no tengo planes de irme. Oye, si Palma está también embarazada otra vez, ¡ese lugar va a ser más un kinder que una casa de huéspedes! Les mando muchos besos y te pido que me escribas.

P.D. Con el susto de tantos embarazos me olvidé de lo principal: felicitarte por tu cumpleaños.

45

Y entonces te empecé a odiar. Te odié cuando el polvo se me echaba encima y tú ni me mirabas, cuando el desierto se me echaba encima y tú ni te inmutabas, cuando me cansaba y tú ni te enterabas. Te odié cuando la lluvia, el sol, el silencio, el olor a fritangas, el calor del medio día. Te odié porque sabías muchas cosas, porque me llevabas por caminos curvosos y carreteras infinitas, porque me hiciste levantarme al alba para ver unas ruinas y encerrarme a media tarde para descansar, porque me llevaste muy lejos para ver unas mariposas pegadas a los árboles y me subiste en una avioneta para ver el café. Te odié porque atravesamos mil pueblos fantasma y mil lechos secos de ríos y porque me hiciste comprar tantas cosas y beber tanta cerveza y mirar tantos magueyes y comer tanto maíz.

Te odié porque por tu culpa olvidé mis sueños, por tu culpa me olvidé yo de mí, por tu culpa pasé noches en vela, noches pensando y noches llorando. Me dio coraje el color gris del mar, la basura en las playas, la soledad en el monte, la sequedad en el campo. Te odié por nuestro cuarto de hotel inundado, por el lodo del camino, por las aguas amarillas de la alberca, por las paletas de sandía llenas de semillas, por el coche descompuesto, por las camas que rechinaban, por las chinches en las camas, por las enchiladas que me cayeron mal al estómago, por los refrescos en bolsas de plástico por el silencio en Matehuala y la bruma en Orizaba y por tanta gente que había en Chichén.

Te odié por tantas iglesias y tantos hoteles y tantos parques, paisajes, soles, lluvias, noches, mercados, jardines, caminos. Te odié porque ya conocías Veracruz, porque me llevaste a Querétaro pero me dejaste sola, porque te invitaron a San Luis, porque ya habías estado en Pachuca y en Durango, ya habías ido a Tabasco, a Jalapa y también a Monte Albán. Te odié porque me enseñaste este país, con toda su tristeza, con todo su dolor, con sus ríos muertos y sus selvas destruidas, con sus tierras flacas, con su gente pobre y con su hambre, con los ojos enormes de sus niños.

Pero sobre todo te odié porque nunca me preguntaste nada de mí.

22 de diciembre
Hermanita querida:

¿Cómo estás? ¿Cómo va tu embarazo? ¿Cómo están don Tito y los niños? Te escribo esta carta para saludarte y desearte un feliz año, para ti y para tu familia. A veces me da nostalgia recordar nuestros planes, nuestros sueños. ¿Cómo fue que nos separamos así? ¿Por qué pasa tanto tiempo sin escribirnos, sin saber nada una de la otra?

Yo aquí tengo muchos clientes y trabajo duro, pero estoy bien. He conocido señores muy amables, muy tiernos, muy simpáticos, muy guapos y muy generosos. También he conocido a otros muy malvados, violentos, borrachos, prepotentes, groseros. Los hay enfermos, tristes y solitarios. Los hay alegres, parlanchines y sensuales. De todo he conocido. Te diría que la mayoría son gente que sólo quiere pasar el rato. Y a los que buscan alguna otra cosa que a mí no me gusta, a los que me agreden o me insultan, los corro de la casa. Creo que no te he contado que contraté a Gerardo (el vecino, ¿te acuerdas de él?) para que esté de fijo aquí todas las noches. Él abre la puerta, sirve las bebidas, vigila.

Tengo un cliente tan gordo que casi me deja sin aire, así que hemos convenido en que yo me subo encima de él y eso me hace sentir como si fuera en un barco. ¡Con lo que me gusta a mí el mar! Hay un matemático que hace cuentas de cómo gasto mi tiempo y mi energía, de cuanto se derraman los líquidos internos y cuánto pesan los órganos externos y otras cosas por el estilo y hay un chaparrito que me llega al hombro pero de todos modos lo quiere hacer de pie.

Los vecinos de al lado se fueron y voy a rentar ese departamento para quitar el muro de en medio y tener más amplitud. ¿Qué te parece? Me voy a hacer un cuarto con llave para encerrarme cuando quiera estar sola. Y la otra cocina la va a usar uno de mis clientes para hacer un cuarto oscuro porque es fotógrafo. Por cierto, hizo un calendario con desnudos míos. Es de lo más original porque siempre ponen muchachitas flaquitas y etéreas envueltas en gasas y no mujeres bien plantadas. La idea se la di yo después de que me enseñó la portada de una revista alemana que traía a una gorda sensacional. Pero en mi caso fueron doce fotos, una por cada mes del año y conforme avanzan las páginas, van siendo cada vez más atrevidas, hasta el final que es tremendo.

Escríbeme a veces, hermanita, cuéntame de allá. ¿Todavía extrañas la comida mexicana? Recibe muchos besos para todos.

46

Un día me di cuenta de que ya no quedaban lugares por visitar ni posturas en el amor por inventar ni palabras por pronunciar. Porque todo entre nosotros había sido dicho, visto, tocado. ¿Acaso no habíamos ya ido por todos los caminos, realizado todas nuestras fantasías, soñado todos nuestros sueños, vivido todas nuestras ilusiones, hecho todas nuestras imaginaciones?

¿Seguiríamos así por el mundo, así por la vida, sin un lugar para llegar, sin un momento para parar, sin un futuro para planear? ¿Seguiríamos así por este país de Dios, tan sufrido y abandonado, tan lastimado y lacerado, tan explotado, viendo las cosas feas que empezamos a notar?

¿Teníamos otro destino que seguir y seguir?

¿Y podía nuestro destino ser sólo seguir y seguir?

10 de marzo

Hermanita mía:

Felicidades. Esperaba la llamada de ustedes en cualquier momento pero cuando oí la voz de don Tito, de todos modos me agarró por sorpresa. ¿Qué nombre le vas a poner a este niño si ya con los gemelos agotaste todos los de la familia? Me da gusto que sea hombrecito porque así mi ahijada queda como la única, la consentida. Me da un poco de pena que le pidas el cuarto al sueco porque Palma también tuvo su bebé y necesita espacio. Es un buen muchacho y da tristeza que se tenga que ir. Pero veo que no hay remedio, se necesita lugar para tantos niños.

¿Así que don Tito mandó a podar todos los árboles de nuestro viejísimo y oscuro jardín? Me imagino que ahora debe ser una gran extensión de pasto verde, llena de sol, como se supone que es bueno para que los hijos crezcan sanos.

Yo aquí sigo. Ya casi no salgo de la casa. Nunca voy a la oficina, ni llamé siquiera para avisar. Todo el día y toda la noche tengo clientes, así que estoy muy ocupada. Siempre hay alguien que llega con algo para comer, algo para beber, o si no Gerardo se encarga. Yo salgo y entro de la recámara y a veces doy servicio también en la sala, en el comedor, en la cocina y hasta en las escaleras cuando alguno tiene mucha prisa o mucha desesperación.

Un amigo periodista trajo globos de gas y los soltó por la casa, así que ahora se ve alegre y festiva, llena de colores. Alguien puso unas palomas en la azotea así que oímos todo el día sus pisadas y ruiditos. Saqué todos los muebles para dejar el espacio amplio y como junté nuestro departamento con el de al lado pues se ve inmenso.

Eso es todo, pero soy muy feliz. ¿Hubieras imaginado hace algunos años que yo sería tan feliz y que tú serías tan feliz y que estaríamos tan lejos una de la otra?

47

No, no era el terror a perderte. Eso lo hubiera podido soportar. Hubiera entonces luchado por impedirlo. Hubiera luchado contra la locura, contra la desesperación, contra la abstinencia, contra el abandono, contra los riesgos, contra las otras, contra los espejismos, contra la ironía y la ausencia, contra el temor y la vanidad, contra la amargura y contra la nostalgia. Hasta hubiera podido mejor soportar las cenizas del fuego, las huellas, los restos.

Pero no podía luchar contra la costumbre. Contra este amor que amenazaba con durar para siempre y por siempre igual. Tuve miedo de no poder preservarlo sin corromperlo, sin aburrirlo, sin saciarlo, sin saturarlo, sin que se volviera insulso, vacío. Tuve miedo de que los cuerpos no pudieran renovar su alegría, miedo de que el sueño no perdurara.

Sí, tuve miedo de que este amor se volviera menos vasto que mis fantasías, más opaco que mis ensueños. Tuve miedo de sentir calma, de tener paciencia, de los lugares comunes, de la repetición, de perder los secretos y perder los encantos, de la indiferencia, de no oír a lo lejos tus pasos, de no sobresaltarme con el cerrar de una puerta, de no alegrarme con el rechinar de tu coche lejano, de no perseguir tu sombra, tus huellas, tu eco. Tuve miedo de no poder conservar esta isla, de no poder mantener encendido el fuego sagrado, de no dejar para siempre abierto el horizonte infinito de Dios. Tuve miedo de la costumbre, miedo de poder dormir profundamente.

17 de octubre
Hermana:

¿Cómo estás con tus muchos hijos? Espero que te sientas bien, pues aunque feliz, te imagino cansada. Supongo que la casa sigue bien, aunque ya no es de huéspedes. Ahora que le vas a pedir el cuarto al francés, para tu familia que crece, ya nada más van a quedar Palma y Luigi con sus hijos, que en realidad son como tus hermanos. Apuesto a que ni renta te pagan.

Quería felicitarte por tu día (ya perdí la cuenta de cuántos años cumples) y responderte a una carta que me mandaste desde junio (agradeciéndome la tarjeta por el cumpleaños de mi ahijada) y que no había tenido tiempo de escribir.

No es cierto, hermanita, que mi vida sea de novela. Las novelas mienten y mi vida es la pura verdad. O al menos de lunes a jueves porque los fines de semana sí se convierte en cuento, en sueño, en ilusión, en fantasía, en mentira y últimamente hasta en locura y dolor y duda por causa del amor.

No, hermanita, yo no podría ser personaje de ficción porque no soy alta ni delgada, no tengo las piernas largas, ni el vientre liso y los pechos pequeños y duros, ni los ojos azules y el cabello rubio y lacio como tienen todas las heroínas de los libros y de las películas, ni soy negra para que los escritores se puedan explicar mi calentura, ni blanca para que justifiquen mi atractivo. Tú sabes bien que tengo mi buena pancita, unos senos enormes que se caen por el peso, unas nalgas redondas apoyadas en muslos bien anchos y en piernas cortas, la cara redonda y el pelo oscuro, cortado hasta arriba de las orejas. Tú sabes que nunca uso maquillaje (sólo una vez cuando me hicieron una cicatriz) ni joyas y adornos, ni pestañas postizas y labios rojos, ni tacones y uñas pintadas, ni nada de esas cosas que se supone atraen de las mujeres. Pero creo que eso es precisamente lo que les gusta a tantos clientes.

Conmigo no se sienten obligados a hacer proezas, a presumir ni a demostrar nada, sino que rápidamente entran en confianza. ¿Sabes cómo me dice mi amigo el poeta?: "Una piel mestiza llena de rincones y rugosidades, amplias carnes cálidas capaces de alojar, unos senos que inspiran y dan tranquilidad". A mí nadie tiene miedo de descomponerme algo, de despintarme, de despeinarme. Conmigo son libres de verdad. Si se acercan tímidos, van perdiendo poco a poco su vergüenza. Si se acercan presumidos o violentos, van abandonando su prepotencia, su miedo. Buscan mi carne pero no mi ropa interior. Buscan mis labios pero no mi bilé. Me buscan a mí, porque lo que yo tengo es lo que ellos necesitan, no una mujer para mirar sino unos ojos que los miren, no una mujer para atender sino una que los acepta, una sonrisa abierta siempre, la alegría de recibirlos en mí que se refleja no sólo entre mis piernas sino desde las cejas hasta las rodillas, desde la frente hasta el empeine, desde el esternón hasta el coxis. Y sobre todo una oreja enorme, capaz de escucharlos en sus palabras y en sus silencios, en sus llantos y en sus mentiras, en sus ilusiones y en sus deseos. Y eso es lo que mis clientes encuentran en mí, que les doy calor, los apapacho, los tomo en serio, los hago sentirse importantes. Por eso vuelven una y otra vez, porque saben que me seducen no sólo en la carne sino también en el alma, no sólo en el oído sino también en la risa. Porque nunca los juzgo ni los critico ni les exijo ni los acuso. Porque conmigo pueden hacer reales los sueños de sus pobres vidas, convertir mi carne en almohada, mi casa en su casa, su placer en mi apoyo, mi seducción en su confianza.

Y es ahí donde te das cuenta que las mujeres que salen en el cine y en las novelas sólo sirven para acompañar a los hombres a los lugares donde los vean (una vez tuve un amigo así), pero no son las que ellos de verdad quieren, las que les dan vida de verdad, las que necesitan. Un cuello largo sirve para un collar de diamantes, una cintura chica para un cinturón de oro, unos pechos firmes para una blusa transparente, una piel blanca para mirarla, una piel negra para acariciarla. Mi cuello corto, mi cintura ancha, mis pechos caídos, mi piel café, mi vientre y mis nalgas tan grandes sirven para acostarse encima de ellos, para subírseles, para descansar, para apoyarse, para usarlos como se quiera, para dar y para recibir. Y no hay engaño, hermanita, en nada de esto, porque de engaños están llenas las vidas de los hombres que me vienen a buscar y eso lo saben reconocer inmediatamente. No, ellos sienten que me gusta escucharlos y me gusta que me toquen. Ellos saben que no tengo prisa, que no me tienen que demostrar nada, que igual pueden visitarme para hablar nada más, sin hacer otras cosas, o al contrario sólo desfogarse y ya se pueden ir. Saben que aquí pueden venir para estar conmigo o sin mí, solos o con sus amigos, solos con su soledad. Conmigo no requieren ni máscaras ni discursos. Eso lo saben, eso lo buscan, eso lo aprecian. Así que como ves, yo no soy un personaje de novela ni de película. Soy un personaje de la vida real porque conmigo se puede gozar, entrar en intimidad, sentirse bien, irse y atreverse a volver.

48

Nosotros los que nadamos desnudos en Montebello, en Xel-Ha, en las aguas tibias de Zihuatanejo y en las frías de Nu-tun-tun, los que leímos poemas, cuentos, relatos e historias, los que oímos canciones de amor y vimos películas de amor, los que le rezamos oraciones al Señor.

Nosotros, los que pudimos entrar a Monte Albán y a Teotihuacan, bailar en Chalma y rezar en Zapopan, cruzar el desierto caliente y las barrancas hondas, subir a los volcanes, llegar a Cuetzalan y a San Cristóbal, mojarnos con la lluvia de la sierra, tocar la tierra seca y sentir el trópico, escuchar el canto de los grillos y las aves, hablar con los viejos, con las mujeres, con los hombres y con los niños.

Nosotros, los tocados por el fuego, por la luz, por el viento cuando Ehécatl lo decidió y por la lluvia cuando Tláloc así lo quiso. Nosotros, los que renovamos nuestro amor con Xipe Totec y buscamos nuestro placer con Xochipilli y recogimos flores y piedras y fuimos a largas peregrinaciones.

Nosotros, los que hicimos el amor tantas veces y en todas sus formas. Nosotros, mundo de sueños, azúcar y leche, rama verde y rama café, oro y plata, sol y luna, vela encendida y diálogo de palabras. Nosotros, debemos separarnos, no me preguntes más. No es falta de cariño, te quiero con el alma, te juro que te adoro y en nombre de este amor y por mi bien te digo adiós.

Abril 20

Cuánta verdad hay en tus palabras cuando me dices que en mis cartas sólo hablo de lo que sienten mis clientes y nada digo de mí. Pero ¡ay!, hermana, es que cuando ellos están felices, yo también lo estoy. Y en cambio el amor me hace sufrir, desesperar, pasar noches en vela, llorar.

Un cliente muy querido trajo mariposas y las soltó por toda la casa. ¡Si vieras lo lindo que se ve! Se ponen por todas partes, sobre la cabeza, en el sexo, en un pie. No oyes más que su levísimo aletear y dan una sensación de frescura. No hay un solo mueble, todo lo tiré, ni un solo adorno, todo lo regalé. Dejé las paredes blancas, los cuartos vacíos y las ventanas sin cortinas. La casa parece un bosque con sus plantas, sus globos, sus mariposas, su tapete grueso de color café. Mi amigo Gómez convirtió la tina de baño en fuente, llena de pescados. Y por toda la casa los clientes están echados, fumando, bebiendo, durmiendo. Ya nadie se preocupa por vestirse. La esposa de uno de ellos, que viene junto con él, trae incienso y perfume, así que huele muy bien.

Yo voy de uno a otro hombre, siempre cariñosa, sonriente, atendiéndolos y dándoles lo que piden de mí. Cuando me canso, me acuesto y duermo un rato y luego me despierto y sigo mi ronda. Ellos tienen paciencia porque saben que tarde o temprano llegaré hasta donde están y los haré gozar. Los viernes a medio día desaparezco y vuelvo el domingo por la tarde, pero allí están, esperándome sin preguntar. Entonces me esfuerzo por satisfacerlos más, por agradecerles su entrega y su fidelidad, por hacer que estén contentos. Y lo están.

¿Cómo andas tú por allá? Ya casi no me acuerdo de tu cara, se me ha borrado, se me confunde con la de los jovencitos que pasan por aquí. Te mando muchos besos desde este paraíso en el que ahora vivo, lejos del mundo, lejos de todo y sin extrañar nada.

49

Treinta y dos años y setenta y nueve kilos tenía yo cuando decidí no verte más, no ir más a esperarte los viernes al Vips, no ir ya contigo los fines de semana por los caminos de Dios en este país, no hacer más el amor contigo.

Ya no quería ver rostros ni rezos, plazas ni iglesias, niños ni magueyes, chozas ni parajes agrestes. Ya no quería ruinas ni montañas ni primaveras ni inviernos, ya no quería ni siquiera el mar. Porque ya no podía ver sólo lo bello, sólo lo verde, lo luminoso, lo asoleado, lo erguido, lo transparente, lo artesanal de este país. Y porque tampoco te imagino en la vida diaria, con pijama, con hermanos, con horarios y orden, en una oficina o detrás de un mostrador. Porque no te quiero ver durmiendo por las noches en lugar de hacer el amor. Por eso ya no quiero seguir, ya no puedo seguir.

Un día de septiembre

¡Cuánto tiempo ha pasado sin escribirnos! Hasta ahora que recibí esa foto de ustedes y me di cuenta de la edad que ya tienen mis sobrinos, tuve noción del tiempo.

Yo aquí sigo en mi casa vacía, con sólo la alfombra de color café y las paredes tan blancas. Ya he quitado también todas las puertas y los vidrios de las ventanas. Nada más he dejado mi enorme cama como altar en el centro de la habitación.

Por las ventanas desnudas entra la luz: la intensa de la mañana, la brillante de la tarde, la tímida del amanecer, la decidida del medio día, la extraña de la madrugada. Entra la oscuridad de la noche, entra el color gris de algunos días o el color amarillo de otros. Se sienten el viento, el calor, la humedad, el frío. La tina está llena de agua porque en ella nadan peces y así yo me meto a bañar. Por todas partes vuelan mariposas y se oye el piar que sale de las muchas jaulas con pájaros.

Los clientes andan desnudos. Si el frío es muy severo, se ponen un suéter o unos calcetines y nada más. Dejan sus ropas junto con sus preocupaciones abajo, en la entrada del edificio y allí las recogen cuando se van.

Yo uso un caftán de algodón o una bata de seda y algunas veces no me pongo nada más que unos collares de conchas que se enredan desde el cuello hasta las rodillas. Esos días todos están encantados, viéndome pasear por el lugar. Hay veces que me quedo todo el tiempo acostada, entre las sábanas blancas y ellos vienen a mí. En otras ocasiones camino por la casa y los voy atendiendo donde estén, en el piso del comedor o de la sala, en el baño, en los pasillos o las escaleras del segundo piso. Y es que los vecinos se han ido todos y los departamentos están sin ocupar. Yo pago las rentas. Muchas veces son tantos los clientes que esperan, que no alcanza el lugar en la casa y entonces se meten a esos sitios vacíos. Allí, algunos esperan de pie, otros sentados, fumando, meditando o dormitando, haciendo el amor entre sí.

Ellos esperan, pacientes, tranquilos. Saben que así es y desde que llegan a la puerta del edificio y conforme suben los seis pisos hasta mi casa, se van despojando de la calle, de la rutina, de la prisa, la culpa y el hastío y entran en la paz, en la calma, en la serenidad, listos para el placer.

Y aquí estoy yo, dispuesta siempre. Con algunos es el cuerpo lo que doy, con otros el oído. Algunos quieren caricias mías, a otros los dejo hacer. Mientras unos se afanan haciéndome alguna cosa, otros me hablan, me miran, me tocan. Todos pueden entrar y salir a voluntad de la casa, de la habitación, de la cama, de mi persona.

Y yo recibo de ellos un gran cariño. Son mis amigos, son mi familia, me hacen feliz.

El silencio es total. Sólo se escucha el goteo de la llave de la tina o el de la lluvia. Lo más bonito es cuando llueve tan fuerte que la casa se llena de olor a humedad y las esquinas del tapete se mojan y entonces los que pasan por ahí se enfrían los pies o los que se sientan por ahí se enfrían el trasero.

Sólo se escucha el aleteo de las mariposas que se posan en una oreja, en el pelo. Sólo se ve la neblina del incienso densa y perfumada. Sólo se huelen nuestros cuerpos, nuestros líquidos, nuestros deseos. Lo que se ve, se huele y se oye son nuestros placeres.

Aquí el tiempo se ha detenido, la vida va lenta, todo se escucha como en sordina. Desde aquí te escribo, hermana mía, desde mi cama junto a la ventana, la misma ventana de nuestros sueños, que deja ver las luces de la ciudad si es de noche, las azoteas y los cables de la luz si es de día. Aquí yacemos juntos muchos seres humanos unidos, entregados, abiertos de par en par. Te escribo para decirte que por fin se ha cumplido mi sueño de tener una casa de huéspedes y de escuchar todo el tiempo el sonido del mar.

50

Y así como en el séptimo día Dios descansó, orgulloso como estaba de su creación, así en el séptimo año yo decidí descansar de ti, orgullosa como estaba de nuestro amor. Siete años y siete kilos después de haberte conocido, decidí terminar.

Padresnuestros, Dios te salve, Aves Marías, Aleluyas, Salmos, Cánticos, Rezos, Oraciones, éste es el fin. Padre Celestial, Dios nuestro Señor, el gran final.

Ésta es la última vez que yo te quiero, en serio te lo digo, hora es de terminar, hora de ponerle fin a tanto amor, de dejar al más Bendito entre los Hombres, al Único, fuego, viento, luz, ardor, vuelo, semen. ¿Hay otro nombre que tu nombre? ¿Otros ojos como tus ojos en los que estallan las más vastas pasiones?

Hermana, ésta es la última carta que te escribo. Mañana, mi vida habrá cambiado, para mí se habrá decidido otro destino.

Hubo un hombre al que amé muchísimo. Lo amé con amor eterno como pedía Jeremías, lo amé con locura, con exaltación. "Dulce como esta luz era el amor. Dulce como este sol era el amor. Amor, contigo y con la luz todo se hace y todo lo que haces amor, no acaba nunca".

Con él fui por la tierra y por el agua, con él conocí el cielo y el sol, la noche, la lluvia, la dicha. Toda mi vida estaba suspendida en el amor a él, esa vigilia, esa espera de los fines de semana que era cuando me buscaba. Tenía yo siempre el corazón en alerta, los sentidos en tensión.

Pero lo que no tenía era destino. ¿Creías acaso, hermanita, como piensa toda la gente, que el verdadero amor termina siempre bien? Pues te equivocas. El gran amor es imposible de soportar. Porque no se le puede permitir que se muestre indigno de los espléndidos sueños que se forjan para él. Porque no se le puede permitir que caiga en la rutina, en la costumbre.

Hoy terminó para mí esta historia de amor, mi historia de amor.

Fue muy fácil. Solamente lo traje aquí, a mi casa. Era de tarde, esa hora que es mi favorita, cuando la luz se disuelve, el viento sopla y los sonidos se escuchan apagados a lo lejos. Él, que nunca me había preguntado nada de mi vida, que no sabía nada de mí, entró de repente y se topó con las mariposas, el incienso, el sonido de las gotas de agua y mis amigos. Así, sin advertencia.

Desde el momento que cruzó la puerta supe que lo había vencido, que lo había destruido. Se puso muy pálido, miró todo detenidamente y sin decir palabra se fue. Sé que nunca va a volver, sé que lo he perdido para siempre.

Pero así tenía que ser. Yo lo había convertido en Dios y al Dios hay que arrastrarlo por los templos.

Hoy ha terminado mi historia de amor y con ella todo el sentido de mi vida. En adelante voy a desaparecer, a perderme en las sombras, a dejarme llevar por los amores fáciles, gozosos, que son los únicos que no hacen daño, que no lastiman.

Estoy tranquila como hace mucho no lo estaba. La calma perfecta y el silencio absoluto, con el espíritu alejado de todo, sumida en una serenidad indecible. "Que los Dioses perdonen lo que he hecho y que quienes amo traten de perdonar lo que he hecho".

Ya no lo veré nunca más ni veré tampoco los rincones de la patria.

Te mando un cuaderno con mis recuerdos, los del hombre amado y los del país amado. El amor por los dos fue lo mismo, uno solo. Enséñaselo a mi sobrina, a mi ahijada. Dile que su tía Beatriz se lo dejó para que sepa que existe el amor y que existen los sueños. Dile que se puede amar mucho. Dile que hasta es posible amar demasiado, con demasiado amor.

Demasiado amor se terminó de imprimir en agosto de 2005, en Mhegacrox, Sur 113-9, núm. 2149, col. Juventino Rosas, C.P. 08700, México, D.F.

RAP

9-24-07